U0118417

維城物語

The Diaries of Victoria City

- Its Aesthetics and Nostalgias -

陳志清

維城物語

The Tales of Victoria City: Its Aesthetics and Nostalgias

前言

推薦序（一）

陳永明博士
香港大學中文學院名譽副教授

本書是作者第二本有關香港的歷史隨筆，滿載了他對這個生於斯長於斯城市的情感。作為一個剛踏足社會工作的年輕人，目睹這幾年經濟不斷下滑，身處之地正逐步喪失昔日所擁有的國際地位，失落焦慮之餘，悲秋傷春自然在所難免。若要求他必須像那些位居廟堂的肉食者般，事事高瞻遠矚，時刻處變不驚，那反倒有點強人所難。

現實生活中的挫折，往往會驅使人沉醉於「想當年」。加拿大史學家麥克米倫（Margaret MacMillan）就曾指出，時至今日，歷史依舊是逃避現實的出口。面對複雜多變的世事，人們或會冀望回歸到他們誤以為比較單純的過去。然而，當社會上大部分人都存有這種心態時，卻很容易替野心家提供煽惑人心的機會，讓獨裁者好借民族復興、帶領國家重返昔日偉大的黃金歲月等口號，作為鞏固自身地位和奴役他人的口實。二戰之前，納粹德國的興起，執政者即鋪天蓋地於全國宣傳德意志歷史迷思，以便作為其領土擴張的依據。盟友墨索里尼（Benito Mussolini，1883-1945）更向國人誇誇其談，承諾要為意大利人建立第二個羅馬帝國。如今，納粹與法西斯皆

已成為歷史，惟二戰造成的人類災難，似乎並沒有使人從中吸取到多少教訓。

　　歷史記憶無疑為有助建構國族認同，但誠如安德森（Benedict Anderson，1936-2015）所言，這種認同本質上只是「一種想像的政治共同體」（imagined political community），因而無可避免地存在主觀和任意的成分。歷史並非總是由勝利者所書寫的，當主導的意識形態失去共識，範式轉移（paradigm shift）亦會隨之而來。1989 年 12 月 21 日，羅馬尼亞暴君壽西斯古（Nicolae Ceau escu，1918-1989）在首都布加勒斯特舉行群眾集氣大會，以支持他的高壓統治，其間廣場突然有人大呼：「打倒壽西斯古！」局勢頓時急轉直下，暴君在軍隊倒戈及眾叛親離下，與妻子迅即被逮捕，並於 12 月 25 日遭到處決，羅馬尼亞從此變天。世事之無常，莫過於此。

　　言歸正傳，這本小書所談的，都是一些似曾相識的生活瑣事。不過，若放在我們不久之前經歷過的歷史脈絡中加以反思，也許仍會讀出另一番滋味。

2024 年 5 月

推薦序（二）

潘正行牧師
香港聖公會聖約翰座堂堂牧、
香港島教區青年事工委員會主席

當我與年輕人相處時，時常提醒自己謹記一件事，就是千萬不要小看和低估他們思想的深度、廣度與闊度。其實越專精的課題，越能吸引青年去接觸和探討，反之是那些老生常談，蜻蜓點水，重重覆覆的話語，則會使青年反感。這是我十多年來與青年人相處之間發現的一個面向。

閱讀志清的文章就正好反映出這種深度和闊度。喜歡看他的文章是因為文字能夠以不同時代的神學思想去探討課題，更給予聖經和神學上的見解，可見作者思想的深度。而更使我喜出望外的，是因為文章不只是為討論而討論，而是更能緊貼潮流的脈搏。

就好像當討論到生死時，志清由電視劇《幕府將軍》引入關於死亡和不存在的主題，以至《巾幗梟雄》柴九的一番話也提及到。又好像是在〈以神之名〉的文章中，探討異端與正統的關係，當中提及到韓國攝理教，又引用了八十年代的流行曲《難為正邪定分界》，以及《古惑仔》電影中扮演牧師的林

尚義的對白。因此闡述神學討論得來，作者又能使討論更加生動有趣，亦讓讀者見到這些神學討論不單只關乎於活在象牙塔裡的人，而更加是與我們的生命息息相關。

　　期望大家都能夠閱讀得到志清的文章後，除了能夠在其中獲得知識上的充實，更能夠看見信仰與生活的關係，以及領會得到志清的洞見。

2024 年 5 月

推薦序（三）──在暗語時代讀《維城物語》

熒惑老師

香港作家

讀陳志清文，該説是喜出望外，還是苦笑連連好呢？寫得當然好，一半是他的筆好，一半是他寫的時代足夠壞。天災人禍、疫情地震戰爭頻仍，對不，所以讀著某種刻意不合時宜地優雅，卻又如塗了胡椒醬般的文字，幾乎就是一種對現世的（消極？）抵抗。

他寫的故事──或者説是都市寓言吧──充滿黑色幽默，譬如〈一期一會〉，多少添了些自傳性。一段段錯摸的戀愛，對象當然不必然全是一位婀娜多姿的女生。

行文常常旁徵幾句廣東歌詞，有時是註明歌名，但也有將歌曲消化成食糜、吸收而滲入骨髓的情況，我讀時幾乎以為他是無心插柳，後來想想，這大概是天人合一了。「但如果世界有盡頭的話，那麼冰島的藍色永久凍土，應該是地球被遺忘、被遺棄、被拋下的世界邊緣」，讀得出來是哪首歌吧，重點是隱而不寫的那一句嘛：「喜歡你有時還可怕」。

這些寫給詭異變質恐怖畸零情人們的篇章，我完全可以

套用四個字去形容：「明嘅就明」。似乎我們都一起患上了斯德哥爾摩症候群，如果你唔明的話，就唯有請你過主好了，你實在不需要這本自療書。

而懂得拈花微笑之妙的朋友，就請繼續閱讀下去吧。書裡的篇章長短不一、主題各異，更多是以散文的形式記心情、說故事。如此文化歷史小品文的書寫向來皆有，不過既然我們正好活在當下這個光怪陸離的世道時空（話說回來，有哪個世道的人不感到自己身處之境地光怪陸離？），實在需要當世的文字去濕潤一下乾裂的嘴唇，至於解渴，別想了。

身處所謂的暗語時代，在言說和失語之間，人們自創新的語言去說話。不是的，並沒有任何不可告人的目的，純粹是升降機裡來了個外人，你自然而然會壓下聲浪、說話時省掉一些主語而已。不過這樣的操作，結果必然是群體之間愈來愈難以互通。

但是起碼我們還可以聽得見聲音，就像晚上從窗戶看出去，仍見萬家燈火。有燈就有人，有人就有故事，亦有說故事和聽故事的必要。當飯桌上觥籌交錯，大廈的每座客飯廳裡這些用暗語編織的故事，就如一顆顆光子裡蘊藏的能量，明滅有致，如摩斯密碼一樣，向遙遠的未來傳送著我們這一代人生活的訊息。

2024 年 5 月

推薦序（四）

陳維哲傳道
一位在街市樓上教會傳道的牧者

　　志清的散文彷如一道窗戶，直接通往我們猶如瑰寶的年輕一代之集體心靈。他們躬行並鮮活地經歷過各種千頭萬緒的生活體驗之後，求知若渴地迫切希望尋找到自己人生的意義與價值。如同三千多年前的「存在主義之父」所羅門王（King Solomon，前 970 - 前 931 年）一樣，這個世代的年輕人都清醒地意識到：「人在日光下的勞碌，有什麼好處呢？……已有的事，後必再有；已行的事，後必再行。日光之下並無新事。」（傳道書第 1 章第 3 節、第 9 節）

　　歷史的慘痛教訓，在於人絕少在歷史當中汲取到教訓。我最欣賞作者的地方，在於他在其散文之中，經常帶我們乘坐時光機來穿越時空，回到先賢先哲的智慧與足跡之上。所以我在閱讀時，第一下感覺便是感歎與欽佩，志清在這個世代竟是如斯清醒之人。志清思考的足跡並非是天馬行空的（當然這其實也很容易），那些思緒都是從活於我們許多世代之前的智者那裡所獲得的真知灼見。我熱切希望我們香港的年輕一代，亦能夠同樣有如此對無常世事的洞察力。若可如此，五年前的社會事件或許會有截然不同的結局。

最後，作者和我同樣都是正步往世界更高處之朝聖者，在事實上，我們並非在「日光下」去尋找意義，而是往「日光上」去叩門並尋得意義。就讓我們背起屬於我們的十字架——那個位處於香港動盪歷史時期之中的十字架，並跟隨那位創造我們、深愛我們，更因此為我們殉死並給予復活的力量與盼望的祂。作為一個剛剛經歷過喪親之痛的人，我開始明顯地意會到「一代過去，一代又來」（傳道書第1章第4節）的真正意義。在此，希望我們的年輕世代能夠透過閱讀這本書，從這位聰明睿智的「長江後浪」處獲得靈感。

2024 年 5 月

推薦序(五)——世事洞明皆學問

謝淏嵐先生
獅墨書店店長、香港古事記版主

　　第一次遇到志清,依稀記得是 2022 年界限書店正式開張前舉辦的香港歷史市集活動,當時志清應該已經在籌劃著第一本大作《維城札記》。

　　志清的文章包羅萬有,從香港寫到世界,從歷史寫到文學、哲學,而且每每引述資料詳實,有所根據,足見他學問廣博,比起許多海內外所謂 KOL 名嘴博客網紅國師才子,有過之而無不及。但光是羅列一堆資料,也不能算是好文章,始終世界也已經進入 Google 的世代好一段時日了(雖然言之有物的作者竟漸成少數)。

　　《紅樓夢》裡有一副對聯:「世事洞明皆學問,人情練達即文章」,有看頭的文章,必然都能夠運用精準文字,寫下對世界和人性的觀察和關懷。志清很敢於表達自己的觀點,包括很多有爭議的,或者是可能會有很多人不同意的(老實說,也有不少文章的觀點我不同意)。但他自有一套閱讀世事的視角,而且能夠有條不紊地鋪陳出來。他的文章,節奏明快,輕鬆幽默,但不至輕佻;字字珠璣,針針見血,又

不過份嚴厲。

認識志清一段時間，知道他的文筆和學問不斷精進，更重要的是，對社會的觀察亦愈來愈仔細。現在他已又完成一批小品文章，準備結集成書，水準比上一本書更見進步，再來向我求序，我自是欣然答允。短撰幾句，謹向諸君推薦此書。是為序。

2024 年 5 月

作者自序

依稀記得在寫作拙著《維城札記》時，曾指「維城」為過去式，「圍城」是現在式，「遺城」是未來式，似乎在「由亂及治」、「由治及興」的過程當中，每個人都很樂觀地看到其好處如何。只不過於筆者而言，似乎是不幸地「是我的帖文起了作用」。對於熱衷於傷春悲秋的文科人來說，大部份都曾沉醉著「興復漢室，還於舊都」的南朝遺夢之中，但國家機器所定的「定海神針」總能令大家從 Final Fantasy 中回到現實，只好高唱一曲「虞兮虞兮奈若何」，惟望不要似「真虞姬」程蝶衣般窮途末路得自刎。

自《維城札記》完成之後，筆者已從學院投身職場之中，一度深恐自己「只怕無法再有這種情懷」。但是，相信各位讀者都會有同樣感覺，昔日維多利亞城的港式優雅已如日落西山，看著講求雍容華貴的英倫遺風彷如隔世。象徵天賦皇權並刻上英女皇字號的紅色郵筒，早已被綠色油漆沾污；象徵著治共治理想的督憲轅門，盡成「雞鳴狗盜出其門」之地。本書之所以取名於日本文學的「物語」體，正在於「物語」之意在說故事、傳說，香港人熟識的「香港」已成為瀕臨消亡而需口耳相傳的傳說、故事，她的歷史、文化、哲學是香港人的掌故，可悲是在上位的肉食者要人「勿語」。

日本江戶時代 (1603-1868) 國學家本居宣長 (1730-1801) 曾如此解釋「物哀」的意思，其曰：「世上萬事萬物，形形色色，不論是目之所及，抑或耳之所聞，抑或身之所觸，都收納於心，加以體味，加以理解，這就是感知『事之心』、感知『物之心』。」身處在這個是非顛倒、動蕩不安的大時代之中，尤其許多人都會像少年汪精衛 (1883-1944) 般「引刀成一快」，除理性與感性並重之外，傾聽內心的聲音更為重要。在此過程中更會發現自己內心，會渴求感知一種超越時代的永恆美感與價值，用時常受感動的心來觀察此「三生萬物」，這也許是物哀美學的重點，本書的小品散文希望捉緊心中這些理性或感性的「感知力」。若將英儒狄更斯 (Charles Dickens，1812-1870) 所言「最好的時代，最壞的時代」套用在香港，前者在於時代逼迫我們香港人思考安身立命的問題，後者在於發現「由治及興」的好處。

近年已被奉上樂壇神檯的張敬軒，在去年倫敦皇家亞厘畢音樂廳 (Royal Albert Hall) 進行演唱會時首次獻唱的《隱形遊樂場》，當中有一句：「流亡荒野，眼前都有，遊園地裡那群木馬。」這句歌詞之所以感動人心，在於說明了無論世道如何墜落，當我們反璞歸真、回到內心，將會找到那座可攀爬的城堡，變成那種遠征的木馬。這又如香港作家李怡 (1936-2022) 所說，我們可過著「悲觀而積極的人生」，悲哀是對世事無常的合理觀察，是為「命」，繼續積極則是對生命意義的執著，是為「義」。每個人都事實上生活在無所不在的苦難之中，但同時擁有權利去想像、盼望、尋見光明，

因為前者為生命的本質，後者為生命的意義。

　　捷克作家米蘭・昆德拉（Milan Kundera，1929-2023）曾經在《生命中不能承受之輕》（The Unbearable Lightness of Being）說過，生命過得痛苦的原因，在於過著每一秒都無足輕重的時間，因此承擔起「生命之重」反而會令人活得實在，令人意會到自己正「存在著」。作為一個熱衷讀「乞食科目」的筆者，每當為世道時局、為自身成長感到頹喪時，不時會憶想起當年遭受極大苦難的人，如早年遭受羅馬帝國逼害、排擠，卻又堅持「聖而公」信仰的基督徒；始終不屈不撓地欲光復故國山河，並成為最後一名堅持反清的南明大將張煌言（1620-1664），感慨一句「好山色！」便從容就義；面對納粹德國排山倒海進攻，又被「黑狗」（Black Dog，即抑鬱症）追趕著的英國首相邱吉爾（Winston Churchill，1874-1965），依然在時代的患難困苦下繼續前行；更發人深思的，是每日在奧斯威辛（Auschwitz）、達豪（Dachau）等滅絕營提心吊膽地渡日的猶太人。我們從歷史中會發現他們其實與我們一樣，都只是擁有喜、怒、哀、樂等情緒的普通人而已，但何以他們能從苦難中找到其所僅有，卻又足以支撐生命的勇氣呢？

　　除了十五秒的腦殘抖音影片以外，無論從互聯網抑或是大小書店，這是一個知識泛濫的時代，讀書識字、追尋真理，不再是基督新教第一位來華的傳教士馬禮遜（Robert Morrison，1782-1834）所說「博雅好古之儒」的特權。而在古希伯來文化當中，知識並非只是頭腦上的理性知識，又非只是

內心的單純感覺，「心」是人整個內在的「存有」（The Inner Being），亦是連結及整合人的思想、情緒、意志及精神所在，是整個人所是（Being）及所為（Doing）的泉源。繼《維城札記》之後，《維城物語》成書的意義正在於此，雖然這本書談不上有何真知灼見，但如果讀者能夠在各篇文章找到一些情緒、思緒的慰藉，而對人生信仰、生命多點「存在主義式」的拷問，那麼在逆境之中，我們便能夠利用生活上的各種美學，好好善待自己，不用時時刻刻都懷憂喪志、自怨自艾，過著「悲觀而積極的人生」。

謹以此書，獻給所有曾每日生活在崩潰邊緣的香港人，以及屬於全世界所有香港人的故鄉——香港。

陳志清

謹識於 2024 年初夏西營盤

凡例與聲明

1. 在本書首次出現之人名、時代，將會標示出生卒年、年份，以便讀者得知當時人所處於的時代背景。在生者或學者，以及文學抒情散文則可以不在此限之內。

2. 在本書第一次出現的非中文名稱、名詞，將會標示出原文的字樣，以免出現混淆、歧義之情況。其後，將不會再次標示，以方便讀者通讀全文同時亦能自行查閱更多資料。

3. 文章內將使用中國數目字，以令行文貼近本身的中文語境。而文章末，將使用阿拉伯數字標示寫作日期，以方便讀者得知文章撰寫時的背景。

4. 作者不會在本書各文章內，以學術格式（如芝加哥論文格式、APA 格式）標註某引用語句、學術觀點的出處，望收拋磚引玉、引人入勝之效。不過，作者會於本書末處編有參考書目部份，以便讀者作延伸閱讀。

5. 本書內容皆建基於可考據的歷史事實及證據，惟部份名詞因應現實需要而虛構之，現實如有雷同，實為香港及世界之不幸。

6. 作者根據中華人民共和國及其香港特別行政區政府的法律，包括《中華人民共和國憲法》第二章第三十五條、《中華人民共和國香港特別行政區基本法》第二十七條、《中華人民共和國香港特別行政區維護國家安全法》第一章

第四條、《維護國家安全條例》的立法原則，依法行使由法律所保障的言論自由。

7. 作者因著上條所提及的法律條文，不支持及鼓勵任何人刻意觸犯中華人民共和國香港特別行政區的一切法律。

目錄

輯
一

北大嶼山送行記

離境
Departures

　　國安三年 (2022) 八月七日是一個風和日麗卻又藏有暗湧的日子。在家中換衣服時，廳裡傳來新聞報導的聲音：「今天，解放軍繼續對台海周遭進行導彈發射的演習。台灣地區的防務機構表示嚴密監視大陸的軍事演習。」我一向都不太喜歡穿上繁瑣的衣冠，因為嫌穿起上來不舒適，所以只穿了一件昨天從旺角序言書室上一層的淨色衫專門店購買的深灰色 T 恤。

　　父親問：「出門口嗎？」我回道：「對，有一位很好的朋友要前赴加拿大了。」便趕了出門口。此一刻之風和日麗，白雲懶惰地睡在蔚藍色天空之上，雖無風聲、雨聲和讀書聲，蟬聲卻響起了仲夏的交響樂，就像德國音樂家貝多芬的《第五交響曲》般，為後來的樂章作好編排。前陣子的炎熱天氣讓人感受到但丁在《神曲》所描繪的地獄模樣，幸好這幾日天公作美，下了數場沁涼的憐憫之雨。因此，即使站在路邊巴士站等待著前往赤鱲角島嶼的英式兩層公交車，也不會感到煩躁不安，雖然灰暗色的心情早已在心底醞釀。

　　我一向有個小習慣，就是每逢出門都會攜帶一本小書，在坐車或是閒時可以用這些多餘時間去閱讀反動書籍，就像法國文學家卡繆般以對抗荒謬，來反抗那以血與淚編織的煙雲命運。剛好讀到中文大學哲學系前系主任張燦輝《我城存歿》一書，張博士於二零一九年中大被「偉、光、正」的中國香港警察「依法執行職務」之時慨嘆，四十五年前的中大人鏈

是大學師生為了搬運書籍上山而組成,四十五年風華一別,卻是因為守護大學而組成。

看到這一頁時,突然間想起烏克蘭的聖米迦勒金頂修道院,米迦勒是《聖經》所記載上帝耶和華的天使長,在與墮天使路西法這個撒旦的戰爭之中,率領天軍奮力維護上帝的聖名,而路西法原本就像《魔戒》中的七戒靈般甘於墮落。聖米迦勒金頂修道院對上一次響起所有鐘聲是一二四零年蒙古韃靼人入侵之時,斯拉夫的男人拿起刀劍與盾牌在最後的防線保護深愛的人,比較起元朗南邊圍村的義和拳民,應該更貼近「保家衛國」的真正含義。今年,聖米迦勒金頂修道院再次響起喪鐘,烏克蘭的祖國正懸於一線,地無分東西南北,年不分男女老幼,皆有守土抗戰之責。聖米迦勒的天軍在此時的烏克蘭東土,正對抗著俄羅斯暴君的魔多大軍。與此同時,香港的喪鐘在沉默中響起,或者,在赤鱲角引擎聲起落之間響起。

也許這並不是喪鐘,因為根據「全過程人民民主」的完善制度所選出的前香港市長(七百七十七票)所說的:「所有離開的都是逃犯,我們不在乎。」也許赤鱲角的鐘聲更像一九九七年在添馬艦鳴金收兵儀式上所響起的撤退號角,至少這是名副其實的撤退,甚或像民國三十八年(1949)南下避秦的中國文人一樣。到達赤鱲角島以後,天空彷彿在流淚的邊緣,那些蒼白無力的光透過天幕上的罅隙滲進了這個哀愁的前國際機場。這個前國際機場當然沒有因為「動態清零」而

清零，因為此地並非杳無人煙，前往英吉利國及其前屬地楓葉國的航空公司櫃台前，人流總是排得很長。也許必須感謝中國香港的公安大哥以及那些對抗疫總司令盧先生（他在足球上成就也值得尊敬）擁有「無限忠誠」的英雄，沒有來獎勵每人一張一萬元的牛肉乾，可謂是傳統中國社會上「發財立品」的道德典範。

這天腦海中不停飄浮著梅艷芳《夕陽之歌》的一句：「曾遇你真心的臂彎，伴我走過患難。」記起當年自己是母校唯一一個考進當時仍標榜「明德格物」的香港大學，而且大學頭兩年就像如履薄冰，因為不適應這個後現代主義購物商場的環境，加上社交環境的改變令自己遭受印度教濕婆的詛咒，遭到大學只剩下幾個同受存在主義地獄折磨的忠實戰友。今天送行的這位朋友，與我一樣是基督徒，不過她本來就生於基督教家庭，所以一早就已領受來自那個充滿希臘豎琴天籟之音的天國恩典。在貧窮潦倒、一無所有的時刻，人們總會受到共產主義的《國際歌》蠱惑：「從來就沒有甚麼救世主，也不靠神仙、皇帝。」事實上，上帝耶和華一早安排了這位忠實戰友來安慰那些心裡遭受苦難的人。

年幼時成長在空曠荒漠的自己，在眾人面前總提不起自己真實的情緒，又或者不想令自己顯得虛偽。由於她與我的來往是獨立的，從來沒有透過甚麼群組（應該不是「邊爐群組」，當然這也毫無意義了），因此身在她的朋友當中，有些許與那個身穿墨綠色 T 恤、卡其色工褲、白色長襪的純情

男孩一樣：「那年十八，母校舞會，站著如嘍囉。」當然，這只是我不太善於往來於太多人的社交場合而已，心細如塵的這位緊密戰友也沒有看漏了眼。縱觀古今自稱文人之可憐蟲，從來以筆為劍，以墨為花，以筆墨來醉裡挑燈看劍，用墨水漂染出一朵綻放中的花出來。贈了一本拙作《維城札記》以及一封「盡訴心中情」的送別信，當然少不免裝模作樣一番蓋上刻有自己本名的篆刻印章，作為文人傷春悲秋的儀式感。

猶記得前往紅十字軍總部上急救班時，看過牆上的其中一句金句：「愛本身是沒有意義的，當你用行動實踐出來便有意義了。」指出愛的本質無可能單從感覺、概念層面，對你自己以及你所愛的人會有任何意義，因此愛必須像基督教所說般「道成肉身」，將這些道化作成肉身，這些愛才會有實在的意義。「我願意！」從來是一句道德高尚的語句，原因在於向眾人宣告自己自願肩負起對別人的責任。愛有分親愛、戀愛和友愛，友愛的本質就是朋友肩並肩向著前方的共同目標一同前進，戀愛就是兩人對望著對方：「平生不會相思，才會相思，便害相思。」這位戰友和我的共同目標，就是在基督信仰上尋找人生意義和人們應當守的道，亦即應該勇敢大方地表達愛、持守保守主義的價值觀等等。無論世道如何天昏地暗，我們都挑著上帝所賜下的聖光燈籠砥礪前行（不是中國香港銀禧週年所說的那樣），吃著吃著鹽，令自己變鹹然後變成鹽，令一條名為「世界」的魚變成周星馳所說的鹹魚，令這條原本新鮮肥美的魚腐爛的速度沒有那麼快，

令後人依舊可以去吃「哦媽卡些」（Omakase）。

　　她走向刻有「離境大堂」四個大字的地方，嶄新的高科技識別系統雖然擁有被「再教育」的意味，但是在一國兩制「行穩致遠」、「重回正軌」的時代依舊是安全的，因為我們都熱愛老大哥。愛在此時道成肉身，擁抱是表達愛的其中一個行為，就像郭書瑤那首《愛的抱抱》一樣，她用愛抱著親人，抱著前官人，抱著我們，抱著我（應該是「我和我們」的真正釋義）。現代科技發展備受爭議，諸如腦殘的人看腦殘的十五秒音樂短片，再令腦殘的人做一些腦殘「挑戰」，再令習慣十五秒思考時間的腦殘人士更為腦殘，但能夠肯定的是，這令一些 Instagram 的互動依然繼續無阻，令拿起發出藍光的電話更容易聯絡到對方，這個時刻絕對不是友愛的終結。

　　如果香港是充滿死蔭的幽谷，那麼這就是通往碧綠草地、自由荷塘的閘門，通往上帝為世人在北美洲所建立的伊甸園，至少我相信，加拿大多倫多應該有比香港更大的公園。她轉身回眸，揮手高呼：「拜拜！」畫面雖然不壯烈，但卻令我想起梅艷芳最後一場演唱會的那句「拜拜！」雖然眼框躁動不安，但正如宮崎駿在《千與千尋》所寫的語句一樣，即使不捨也該心存感激，然後揮手道別，高呼：「拜拜！」轉身回想離開之時，還是抵不住眼框和鼻樑的一陣酸意襲擊，頻倚著機場快線的窗邊向情緒投降。希望晚上七時十五分的這班楓葉航機，能翱翔於藍色的自由天空之上。

「但願人長久，千里共嬋娟。」

2022 年 8 月 8 日，赤鱲角送好友頌欣之加拿大。

維城物語

The Tales of Victoria City: Its Aesthetics and Nostalgias

桂花同載酒

　　從英倫三島獨自渡過了溫莎公園的沁涼夏天，又從蘇京愛丁堡飛過英吉利海峽到「老佛爺」的城市行宮巴黎，再從大麻首都阿姆斯特丹回歸到香港辦公室的冷氣房中當一名冷氣軍師。「請容我向您介紹，這是敝校中史科陳志清老師，是一個大有為的青年老師！今天真的是承蒙您們的邀請，來到這個別具意義的活動！」、「但你要記得呀，修讀教育文憑是每位老師發展事業的基礎！」在故宮文化博物館付出幾多心跳，去聽那個分裂中華祖國的古代巴蜀國三星堆文明講座以後，斷腸人拖著疲倦的靈魂在江河日下的維城港邊前行。但這個香江花月夜並未有繽紛之樂，只因這位仁兄的口袋雖然有二十塊錢，但他並不喜愛只有四粒的秘製辣汁燒賣。

　　為了前往泰國與緬甸邊境的「亞太智慧產業新城」出差，特意前往深水埗的「破產鳥」兌換泰銖，以應付這次「從前講好」的泰國之旅。我經常都感覺到坐巴士與觀看自己人生一樣，是一場「色即是空」的時光機之旅。坐在司機位置的多啦A夢按掣打開時光機的隧道，那些想叮噹不要老的打工仔，各自坐在時光機的座椅上頻倚窗戶。但其不自由的原因在於，這些璃琉夢幻的霓虹燈終究要熄滅，如同這個具香港特色的五光十色主義城市，即將像羅馬龐貝城一樣「幻生還幻滅，大幻莫過身」，幻滅在大江東去的煙波之中，寄身在一個再不屬於她的時代。而進入巴士的空間可能像愛因斯坦的相對論一樣，時間和空間將與世俗世界變得不同，巴士內是

停滯的時間與地點，而車窗外卻是佛教所指的，只是人眼根內一堆不停變換的顏色而已，然後人就在某個停頓的時間點下車了。

經過幾里的雲和月後，終於抵達了深水埗這個滿帶親切感的三教九流之地，剛好要到西九龍中心這個當年「Y2K妹豬」流連之地，別是一番滋味在心頭，興之所至時，回到這個被冰封的過去。有科學研究發現，氣味能夠活化腦部情緒泉源的杏仁核：老母於廚房炮製足讓父親入院的地獄料理時的油煙味，兒時怡靖苑水池邊公園的氯氣水味與汗味，公屋商場那間士多鋪內各種糖果的甜味，那在課堂上因尋覓周公而浸滿課本的口水味等等，都是喚醒那動人時光的直接因素。

而牙牙學語年代的「九嘔」奇趣天地那個隱形遊樂場的雕欄玉砌猶在，那部令天才兒童於週末流連忘返的夾糖機，裡面不知放了經過幾多秋與冬的糖果。又有那部與唐三藏一同去印度取西經的「西遊釋厄傳」街機，身體很誠實的小朋友或許聽不懂繪麗奈老師的高音廣東話，但為了聽蜘蛛精的九唔搭八的叫聲，也不禁從褲袋掏出銀兩，在收銀處購買多個通關銀幣，然後進入吳承恩的歷險故事。以沙僧的寒冰拳征服通天河，以孫悟空的金剛棒棒打紅孩兒，以豬八戒的肚皮擊敗車遲國的虎、鹿、羊三大仙，當然不是香港大學舍堂的那種「大仙」。

「萬能俠昨日熱誠隊友，通通隱了居。……不記得夢

幻樂團地址，消失於市區。……時光機，留給你。回憶裡，誰帶路？假使間給你再做，問你又會否寄望更高？傻瓜機，留給你。誰歡笑，誰憤怒。想當初預言無數，世界有太多變數。」在八樓美食廣場的油煙味當中，那裡是當年窮學生學習通識科全球化概念的實踐基地，此處有暹羅冬蔭公、英吉利炸魚薯條、東瀛壽司、美利堅漢堡包、馬交豬扒包、安南河粉、火雞國串燒等多國四十多元的高級名菜選擇。而剛才在腦海中念茲在茲的《預言書》終於實現了其預言，那間正播放著此歌的日式便當店，就成為該晚果腹「胃安」之處。

這裡是高度全球化、地域化的地方以外，亦是深水埗區的校際社交俱樂部，作為區內資深校服導賞員，深水埗區學校的校裙大概有幾種配搭，有深淺藍色格仔交集的，有寶綠色及藍紫色格仔交集的，有淺藍色連衣裙的，有白色連衣裙配紅色腰帶的，有曾出產港姐的藍色水手服的，至於男學生就可以不必多說了。香港大學有智華館作為觀賞上帝所造夏娃之美的地方，深水埗也有西九龍中心的八樓美食廣場，男同學三五成群坐在此處，只為贏得「深水埗唐伯虎」的西九薄幸名，幸好並非上青樓也。那男女同學一同搭上通天電梯，在不知地厚天高之時，談論古今千萬事，徐徐步向食店配搭多國食物，並進行女權主義式的「對食」也。

腦海飄浮起那年為準備香港中學科舉試，雖然不用像古人般挑燈夜讀，又或鑿壁偷光，學校班房那對著南昌街的燈光，成為照亮不少迷途路人的燈塔，也成為學生的心安之處，

因為這裡象徵著擁有無限的青春，而且正於花漾年華的學生擁有資本追逐他們的夢想和理想。正當每次從山上的石硤尾第一武館緩緩下山，走在那只有微黃色街燈的南昌夜街，耳邊只有旁邊公園草地足球場的叫囂聲，那駕駛學院「P牌仔」的慢駕車聲，又或同學各位恥笑彼此的笑聲，成為回家時又專屬於學生美學感的最好伴奏音樂。

　　文科人總對自己際遇有傷春悲秋之感，雖説「莫欺少年窮」，但當時不甘被人看不起的心，就時以中文大學新亞書院校歌自勉：「手空空，無一物，路遙遙，無止境。亂離中，流浪裡，餓我體膚勞我精。 艱險我奮進，困乏我多情。 千斤擔子兩肩挑， 趁青春，結隊向前行。」思索著此句便如此走在南昌街上，如充滿榮譽感的英國御林軍，又或充滿勇武之風的俄國軍隊，在清風微拂時與伙伴向著那無邊無際的新天地進發，只因「我們的隊伍向太陽」，我們就像早上九點鐘的太陽，迸發出無比的勇氣與活力。在福榮街的劉森記麵家一邊吃酸蘿蔔，一邊拿著可樂樽召開英女皇式的樞密院會議，並在麵家阿姐偷偷地幫你加餸後，飲那碗清鮮的大地魚湯，夾起爽口的鴨蛋竹昇麵，吃那粒用鮮蝦包的彈牙雲吞，並討論那誰的道與理、是與非，冀望在十七歲的寂寞與煩亂當中，尋找氧氣並繼續糊塗地闖天地。

　　在分秒間突然醒覺，時間針原來已經撥到正午十二時，不再似七點半鐘的陽光般，投向仍在發夢的路人身上，亦不再像那隻不畏虎的初生之犢。在「從不知天高與地厚，漸學

會很多困憂，也試過制度和自由」以後，當年那些聲言要「做一輩子朋友」、「做一輩子知己」的承諾今安在？旁邊除公事包外並無一物，而非坐著那個肖似紅顏知己並曾照顧著彼此情緒的她；亦非那些召開軍事會議，以討論上原亞衣、波多野結衣、三上悠亞、神宮寺奈緒，又或校內女生高矮肥瘦等「高級軍情」的參謀人員，男兒之間的笑容與神緒總是不言而喻的。如今身上所穿的不再是校服，而是工作的恤衫，這些恤衫沒有畢業典禮上那套校服所滿載的祝福字句，以及年少日記中的那種意氣風發。

「黃鶴斷磯頭，故人今在否？舊江山渾是新愁。欲買桂花同載酒，終不似，少年遊。」人在不識愁滋味時，總愛強說愁，如今嘗著愁滋味卻不能自止。在故人長絕之時，若提著這桂花同載酒，又有何人與我醉此明月，共此長鳴？或許，人生如同青年時代一樣，每一次都是最後機會，故終不似少年遊。

2023 年 10 月 16 日，於下班回家之時。

辑一　桂花同载酒

維城物語

The Tales of Victoria City: Its Aesthetics and Nostalgias

師者所以傳道也？

唐代 (618-907) 士人韓愈 (768-824) 於《師説》曾曰：「古之學者必有師。師者，所以傳道、受業、解惑也。」此句金石良言令許多後世為人師表者，爭相仿效此一模範典型。儒家的「大成至聖先師」孔子 (前 551- 前 479 年) 主張有教無類、舉一反三，以求老師能夠建立作為學術燈塔、道德楷模的權威。然而在「中國夢」的年代，香港教育界人士無疑是受害者，原因是他們為「由亂及治」當中於最前線受到政治壓力的群體，而這原本並非他們的責任。

在香港由亂及治、由治及興的「偉大新征途」當中，作為「國際大刀會」的美麗新香港的教育局，自然少不免來一場「炮打資產階級司令部」的文化大革命，縱使最近有愛國人士在香港倒退之際懺悔，説「政治鬥爭已過了火位」，所導致的移民潮令人才「流血不止」，這些説話顯然與他們一直所奉行的「加速主義」相悖。教育界作為社會思想轉變的前線陣地，自然在國安元年 (2020) 的歷史科試題事件遭受重創，更遑論所謂「國家安全教育」框架推出以後，教育界就如履薄冰，深恐烏紗帽從頭上跌落。

筆者於大學求學時期的心情，猶像樽蓋般經常被揭開，被英國首相邱吉爾所説的「黑狗」追逐。為此不時需前往大學保健處覆診，拿起一粒名叫「百憂解」 (Prozac) 的藥丸，舉起一本名為《異鄉人》 (L'Étranger) 的法國式「哲學浪漫主義」（這實際上這是筆者發明的一個名詞，意指左派思想家喜歡

活在自己的浪漫世界內，多於做實際的事），來個半死不活的 Thug Life。主理筆者病情的是一位有良心的基督徒醫生，一次充滿英式幽默色彩的對話，至今筆者於回想時依舊忍俊不禁：

　　醫生：「陳生，你就快畢業了啦，找了工作沒有？」

　　陳生：「我報了 PGDE（教育文憑課程）了，打算教兩年書就走去讀書了。」

　　醫生：「這種時勢也教書麼？」

　　陳生：「不是說要甚麼崇高理想、作育英才啦，只想搵兩年錢就走佬，因為現在沒錢嘛。」

　　醫生繼續在電腦打字，靜了幾秒。

　　然後，他繼續說：「昨日看電視一套紀錄片講日本戰後的五十年代，有一位來自東京的記者訪問一位在北海道深山野嶺中正在劈柴的老人家。這位老人家說『其實我以前也有在東京教過幾年書了啦，後來打仗就搬家來到北海道了』，記者問『為甚麼你不繼續教下去呢？』，他回答『沒有呀，不想（教軍國主義）荼毒學生』。」

　　依稀記得隔了兩秒以後，醫生和筆者都笑得不可開交。而每當提起教育改革時，許多不少教育界老前輩都會對其咬牙切齒，原因在於前線與後台的認知落差，無論是熱愛「每個月看三十本書（包括雜誌）」、又或出身於工商管理學位

的那些教育局局長一樣，在對前線軍情一無所知的情況底下，便胡亂推行所謂「教育改革」。該次「教育改革」要求老師進修「國安」課程：如語文基準試、課程發展培訓等等。**再加上老師本身一職，已集保姆、警察、律師、法官、獄卒、馴獸師、社工、心理學家、行政主任、文書主任、參謀總長、剪貼工廠妹之職責於一身**。工作之多令老師的傳統角色，那就是「傳道、受業、解惑」的功能無從發揮，要老師處理行政事務，而非著重於教學工作，實在是本末倒置。只不過，許多教育界同工默默接受的原因，無非就像黃子華所說一樣：「不是因為公司得到了甚麼，而是我喪失了甚麼，所以嚴格上來說，你每個月底給我的不是糧，而是賠償。」

　　同樣面對時局變遷，明遺民、儒家大家顧亭林先生（名炎武，1613-1682）所言，「亡國」只為政權更迭，「亡天下」卻指在政權更替後社會所出現道德淪喪、綱紀不彰的局面。在這種天崩地裂的境況下，一眾忠於皇明的「前朝餘孽」在面對生死與否的問題費煞思量，究竟與隨崇禎皇帝（明思宗朱由檢，1611-1644年，1627-1644年在位）殉國而死，還是保全性命、苟活於世，如果是後者的話又應如何安身立命呢？據學者考究，相當部份明遺民並未有殉死，正如呂留良（1629-1683）詩詞所曰：「苟全始識談何易，餓死今知事最微。醒便行吟埋亦可，無慚尺布裹頭歸。」若死亡有輕如鴻毛，亦有重於泰山，苟存於世大概是做一番忠於理念之大事，然後轟轟烈烈而死，大部份具有經民濟世思想又忠於明朝（1368-1644）中華正統的儒家士子，便以此為安身立命的理由。

據英國解密文件顯示，時任新加坡總理李光耀（1923-2015年，1959-1990 年在任新加坡總理）在天安門事件之後，曾於英聯邦（Commonwealth of Nations）首腦會議時密會英國首相戴卓爾夫人（Margaret Thatcher，1925-2013 年，1979-1990 年在任），認為香港人需要接受九七後的新時代。不過，他亦認為只要香港能夠集合二十萬名舉足輕重的人，於北京干預香港事務時，威脅離開香港就能夠來討價還價，以「非衝突性」的方法應對中國，而中國政府必須聆聽，這固然是外國反華勢力干預中國事務的鐵證。但李光耀總理雖然本身是一位國際關係大師，但他依然像左派的共產主義者一樣天真爛漫，將「權力使人腐化」這個人性醜惡算漏了，無論是三萬教育界人士出來，又或李光耀所說的二十萬，抑或是「二百萬零一人」走出來勇於說出社會真實情況之時，於「人民民主專政」的國家眼中，那些都是反中亂港、勾結外國勢力的反革命行為。筆者從階級立場來說，是反對這些行為的。

況且，在過往德國打破《凡爾賽條約》（Treaty of Versailles），並令德國「由治及興」的新時代當中，德國所有人皆如同甕中之鱉，只要邀請對黨國「忠誠勇毅」的「國家功臣」在早上六時拍一拍門，那麼他們就會被送入奧斯威辛「職業技能教育培訓中心」，當然紅十字會在 1944 年的探訪活動也證實了此點。而對教育界人士而言，德國政府當局的聖旨，以及業界熱衷權鬥的辦公室政治，猶如芒刺在背，時刻恐懼自己稍在行禮如儀的行政工作、標點句逗的文件撰寫等細小工作上有所不慎，則前者「國家社會主義」革命的斷頭台不知

何時斬下來，後者的猶太內奸不知何時向蓋世太保（Gestapo）
透過國安專線來舉報自己，所導致的政風因循、苟且過活，
正是納粹德國教育半死不活的因由。

　　相信，在納粹德國時期，許多教育界人士因要糊口，亦
在潛移默化之中漸漸接受了政權的話語權，就像佐治·奧威
爾（George Orwell，1903-1950）於《1984》中所說：

> 對一件事，同時「知道」又「不知道」。具體來說，就是一
> 個人知道真實的情況，但他選擇不說真話，而是故意說一
> 些毫不相關的謊話。在講這些話時會同時帶出兩個互相相
> 反的觀點，說謊者明知它們是矛盾的，不可能同時成立，
> 但卻惡意傳播，以混淆視聽，傳到最後連自己都信了。

**為人師表者由挺身而出以反對謊言，到被迫宣傳謊言，
再到接受自己所不相信的謊言，這種「雙重思想」（Double-
thinking）在本質上是「平庸之惡」（The Banality of Evil）。**
難道每個人都失去了沉默地匠心獨運、忠於良心的權利嗎？
筆者不這樣認為，起碼不少憑良心說真話的明遺民，亦能在
清朝（1644-1912）「由亂及治」之時保持氣節而死。筆者憶起
因反抗納粹而死的潘霍華牧師（Dietrich Bonhoeffer，1906-1945）曾
說：「我清楚的知道我所做的是甚麼，而且憑清白的良心行
事。……我以無愧的心回顧以往，也以同樣的精神來接受現
在的處境。」故此，老師應該要對自己所信、所行、所講而負
責，並為傳道、受業、解惑的道德典範作見證。

但是筆觸至此，筆者也是時候約阿爺、阿嬤在半夜去蘭桂芳劈酒，以響應那位「少女殺手」偉大的「夜繽紛」號召，因為阿爺、阿嬤劈酒是一種愛國行為。

　　　　　　　　2023 年 9 月 19 日，於「香港夜繽紛」之時。

維城物語

The Tales of Victoria City: Its Aesthetics and Nostalgias

時窮節乃見

他日素車東浙路
怒濤豈必屬鴟夷

　　終宋一代 (960-1279)，中華之國無法如孟子 (前 372- 前 289 年) 所說般「以夏變夷」，故外敵欺侮始終為宋室所揮之不去的陰影。以節氣名垂青史的南宋 (1127-1279) 遺臣文天祥 (1236-1283)，在五坡嶺兵敗被俘後，蒙古大汗忽必烈 (1215-1294 年，1260-1271 年在位大蒙古國皇帝，1271-1294 年在位大元皇帝) 因痛惜其才，故此請出被俘的宋恭帝 (趙㬎，1271-1323 年，1274-1276 年在位) 出面勸降，文天祥卻依然不為所動，決定慷慨就義。在殺身成仁之前，就揮灑著深受朱程理學薰陶的士人筆墨，書下一首《正氣歌》：「時窮節乃見，一一垂丹青。風檐展書讀，古道照顏色。」在刑場準備慷慨就義時，便跪下向故國首都開封、臨安遙拜。後人便以「時窮節乃見」一語，指出黑暗亂世時，最能看清一個人之氣節如何。

　　香港在國安四年 (2023) 一月，在「反動媒體」蘋果日報、立場新聞相繼倒下之時，原先自以為「堅如磐石」的民主陣營四崩五裂。在雨傘革命時被視為社運青壯派的張氏 (中文大學學生會前會長、前學民思潮發言人)，被傳出其消費自身的政治光環，在自身陣營內不同盟友身上借錢數十萬，卻如「中山靖王之後」劉備 (161-223) 般「一借無回頭」，更被人發現有一位署名為「張秀賢」的人，曾在中共卵翼下成立的「基本法學生中心」揮毫書寫黨八股，指作為「中國不可分離一部份」的香港，應要回應好中共領袖習近平的期望，參與中國各項建設和重大政策。其後，同樣被國安法「指定法官」批准

保釋的四十七人案之一彭氏，亦同被發現於「基本法學生中心」擔任「會長」之職，並對《中華人民共和國憲法》、《民法典》歌功頌德，並佛口婆心地勸香港人應要好好研究國情。

在「黑暴事件」當中，曾經「大大力」資助「暴徒」的連鎖生活用品店「阿布泰國生活百貨」老闆林氏，亦同為初選四十七人案之其中一人，曾在去年香港「回歸祖國二十五週年」時對黑暴分子「曉以大義」，教導香港人要避免接觸港獨思想，阿布泰又推出「賀國慶」優惠；林氏之後更與香港當局那位熱愛在劏房開派對的財政司司長波叔握手言歡，指香港有「完善的法律法規」，所以要「搶人才，搶企業」、「說好香港故事」；其後，林氏又被發現在四十七人案中，已成功轉為控方證人。部份來自相同陣營的戰友卻依然在此時陳腔濫調，指林氏身負國安重罪，向政權靠攏實在無可厚非，但筆者實在不明所以，向政權靠攏，就等於要出賣昔日曾並肩作戰的戰友麼？為了自身安逸，而令迄今仍不願屈服蒙古鐵蹄而深陷黑獄的同袍身受更大的痛苦，這種背叛豈能為曾經為公義而奮鬥的人所接受呢？又或有人說這是「晚節不保」，筆者不以為然，若一個人可保持氣節一世，但卻失在一時，這代表了他在當初亦只是「待價而沽」而已。

明清鼎革之時 (1644-1662) ，不少忠於以中華正統自居的明朝的士人亦面對現實與價值觀的巨大撕裂。他們心中所效忠的統一皇明已亡於「闖賊」李自成 (1606-1645) 之手，南明政權卻陷於內鬥之中，起自關外建州的清朝 (1644-1912) 卻席捲

中土大地。堅守傳統華夷之分的儒家士大夫，便身陷於法國哲學家所說的存在主義地獄之中，正統中華文化價值所在之地正被熱愛剃髮的滿洲胡虜所侵佔，中華文化懸於一線。而南明朝廷又如扶不上牆的阿斗（劉禪，207-271年，223-263年在位蜀漢皇帝），故趕赴南方以匡扶大明社稷又似乎無補於事。那麼，自身在此亂世之中究竟應何去何從？學者何冠彪曾經將明末清初的明遺民群體分為以下三大類：一、投降滿清，並在新朝出任官員；二、拒絕生活在滿清鐵蹄之下，並為忠君愛國大義而甘願從容成仁；三、既不殉死又拒不事清，並且從此隱居山林，著書立說。

　　必須承認的是，為國殉死的明遺民為數甚少，反而投降者和隱居者佔極大多數。筆者很願意用英儒莎士比亞（William Shakespeare，1564-1616）式言語，來表達法國文學家卡繆（Albert Camus，1913-1960）在著作《薛西弗斯的神話》（The Myth of Sisyphus）的哲學命題：「To die or not to die, that's the question.」死亡是每一個人都必須面對的界限，每一個宗教都為死亡提供意義。基督宗教指出人在肉體死亡以後，靈魂將會與上帝耶和華同在，指出每一個人都具有認知「永恆」的感知力，並又與永恆同在的能力。而「永恆」更是一種歷久不衰的價值。故此，對於為皇明朝廷殉死的明遺民，誠與崇尚武士道精神的日本武士一樣，對忠君、愛國、仁義等價值珍而重之，諸如南明將軍張煌言抗清十八年以來曾未後悔過，其詩作〈甲辰八月辭故里〉曰：「國亡家破欲何之？西子湖頭有我師。日月雙懸于氏墓，乾坤半壁岳家祠。慚將赤手分三席，敢為丹

心借一枝。他日素車東浙路，怒濤豈必屬鴟夷。」最後更視死如歸，死亡對於他們來說是光宗耀祖、震古鑠今之義舉，具有永恆的意義。

但是面對死亡時，人難免會軟弱，故此大多數欲繼續反清卻又不想殉死的明遺民，就選擇了另一種形式來對抗他們所認為的夷狄政權。張岱(1597-1684)曾在《陶庵夢憶》曰：「陶庵國破家亡，無所歸止，披髮入山，駴駴為野人。」雖然如此，但他每欲自絕之時，總憶起故國的雕欄玉砌，又想起自己若不肩負起書寫故國歷史的重任，故國歷史的話語權只會由清人所壟斷。故此雖然自己苟且偷生，但保存自身的意義亦在於，他能夠以其生命來「為故國存信史」，繼而延伸出儒家意義上的「為萬世植綱常」。又正如龍門司馬遷(前145-?)於身受腐刑之莫大恥辱後，於〈報任少卿書〉中曾言：「人固有一死，或重於泰山，或輕於鴻毛，用之所趨異也。……最下腐刑極矣！」與其死得輕於鴻毛，不如好好珍惜其苟存於世的生命，活出永恆的意義，最後方能死得重於泰山。

林氏在回應網民抨擊時，有一句實在耐人尋味，曰：「而留低的，只可以選擇用留低的生活方式。」這句說話是否代表著，「留下來的人」就需要透過出賣戰友、朋友作為自身生存的唯一方法？明遺民在滿洲人消滅明朝以後，也只是隱居山林，並且著書立說，諸如大儒黃宗羲(1610-1695)就指：「知天下無可為，乃作《明夷待訪錄》以見志。」並在《思舊錄》、《行朝錄》、《弘光實錄抄》等著作當中，藉著修纂

史籍，來表彰依舊在江浙沿海抗清的義士。清廷礙於黃氏為漢人大儒，故不敢殺之，以免引起漢人民眾、士人的反抗情緒。清廷亦曾經嘗試邀請黃氏出山服務清廷，但黃氏為著自身的信念，至死堅拒出山，寧願隱沒於山林之中著書立說，也不願出仕二姓。

美國政治學者提摩希・史奈德（Timothy Snyder）亦在其著《暴政》（On Tyranny）提醒道，每個生活在暴政之下的自由公民，都應該要竭力捍衛自身的私人空間，並在這些空間之中活出史學大家陳寅恪（1890-1969）所說的「獨立之精神，自由之思想」，而陳寅恪本人在眼盲、腳斷的情況，又於文化大革命時期備受紅衛兵衝擊之時，依然能寫出記載明末抗清運動中「巾幗不讓鬚眉」的秦淮河女豪傑柳如是（1618-1664）事蹟之《柳如是別傳》，可見陳寅恪生於亂世困苦之時，亦未有放棄其安身立命之意義，依然以為中國史學著書立說為己任。**如是觀之，林氏以上此番「金石良言」實在是侮辱了每一個以不同方式來捍衛個人所僅餘的自由空間、神聖不可侵犯的人格尊嚴的香港人。**

儒家經典《孟子・離婁章句下》有云：「人有不為也，而後可以有為也。」大丈夫有所為，有所不為。有無「所為」，是本於事情本身是否合乎道義，先盡其義而後安天命。在亂世之中選擇不殉死是人之常情，但是在逆境之時選擇投靠敵營，那就是放棄了「能夠選擇不做違反良心的事情」的人格自由，這也是任何政權都無法剝削人所僅有的道德自由，人

依然在此時擁有自由去選擇自身的行事準則。老莊經典《莊子》亦有所云：「時勢為天子，未必貴也；窮為匹夫，未必賤也。貴賤之分，在於行之美惡。」若果我們假設人格貴賤並不能為政權所定義，那麼我們依然有自由在亂世甚或暴政底下，選擇以高貴、尊榮的態度來面對受難，就像聖子耶穌基督（Jesus Christ，前 4-33 年）在預視自己的死亡後，亦依然從容走上十字架上受難。原因在於祂認為承受苦難的背後，意義在於祂與跟隨祂的門徒，將會得著那種屬於天國的永恆榮耀與馨香。

也許會有部份網民會批評筆者為「道德撚」、「冷氣軍師」，因為筆者並不如林氏般，現正受遭到政權依法起訴，故此能夠站在此道德高地指點江山。但正如香港人所追捧的黃子華先生，曾在數年前棟篤笑上說：「『搵食啫，犯法呀！』是一句警句，不要像這心態去做事。」他的意思是指，不能以「搵食」為理由，合理化自己遊走在法律邊緣，而又拋棄客觀道德、價值的行事手法，因為這涉及到道德上的「是非」判斷。而在判斷近日數件變節事件上亦然也，雖然面對政權「依法」指控一條極為嚴重的「罪行」，對羅馬帝國國安法指定法官彼拉多（Pontius Pilate，？-36 年）有所讓步，以換取現實上的某種妥協，這點實屬可理解，對政權而言，這也是「棄暗投明」之舉，這亦正如明遺民亦透過放棄激烈的反清運動，來換取少許足以自身安身立命的生存空間。但是，明遺民卻絲毫未有在根本的夷夏之分、忠君愛國、不仕二主的原則上有任何妥協，遑論他們有藉著出賣同袍來換取

自身利益。

雖然筆者自問亦為貪生怕死之徒,也深知人的罪性不知會將人導向何種田地,但是依然提醒自己勿淪為艾希曼 (Otto Adolf Eichmann,1906-1962) 那種「平庸之惡」。又或,誠如中共開國領袖毛澤東 (1893-1976) 在 1927 年所撰的〈湖南農民運動考察報告〉,曰

> 革命不是請客吃飯,不是做文章,不是繪畫繡花,不能那樣雅致,那樣從容不迫,文質彬彬,那樣溫良恭儉讓。革命是暴動,是一個階級推翻一個階級的暴烈的行動。

如果那些「搞革命」的「黑暴分子」害怕搞革命而後被針對的後果,那麼就奉勸他們在操弄政治顏色來欺騙「戰友」以撈取油水之前,有一種以穢物照鏡的勇氣;又或是決定在投身這門髒兮兮的「一池死水」,而又被拆破謊言之後,有一種能面對自身即將遺臭萬年的覺悟。如果他們覺得羞恥的話,那麼亦可以像安土桃山時代 (1568-1603)、江戶時代的武士,或是在二戰終戰時的日本軍人一樣,用武士刀切腹自盡,但他們並不值得如三島由紀夫 (1925-1970) 般,在漫天櫻花之下以憂國的情懷壯烈而死,只因他們並沒有年輕汪精衛「慷慨歌燕市,從容作楚囚。引刀成一快,不負少年頭」的萬縷豪情。也許,他們只配在雪國的徒勞底下,逃出由他們自己

所燃點的大火，然後在冷酷冰原上死得輕於鴻毛，只因「時窮節乃見」也。

2023 年 1 月 30 日，於阿布泰老闆「棄暗投明」之後。

維城物語

The Tales of Victoria City: Its Aesthetics and Nostalgias

名臣乎？逆賊乎？

清朝經歷康雍兩代盛世後，反清復明的聲音早已大不如前，證明了滿洲皇朝對漢族的統治政策得宜。在乾隆（愛新覺羅·弘曆，1711-1799 年，1735-1796 年在位）這個「三世祖」大清皇帝而言，他一直很重視歷史的教化功能，認為它有「扶植綱常」，匡正「世道人心」的重要作用，故此清朝在前朝遺民已式微之際，不再懼怕談及明朝忠烈而觸發漢人思明情緒，所有官方編修了一本《欽定勝朝殉節諸臣錄》，表彰、肯定南明抗清將領忠君愛國之心。**乾隆喜歡當「歷史判官」並如此讚頌南明忠烈的原因，在於希望挪用歷史用來確立滿清政權（1636-1912）的正當性，亦透過建立儒家思想下忠君愛國的政治倫理。**

此外，乾隆皇帝又編定一本《貳臣傳》，前面褒獎降清明臣而有所為的官員，後面則在於貶抑降清後卻又無建樹，而為人又卑鄙惡劣的官僚。洪承疇（字彥演，號亨九，1593-1665）在明末清初的歷史人物評價上，頗具爭議。作為降清明臣，他便被編入《貳臣傳》甲編內的「明臣投誠本朝後著有勳績者」類之其中一人，對於清朝而言，他被視為對於鞏固滿洲政權在漢地的統治有莫大作用的功臣；對於一眾忠於明朝而重視忠君愛國精神的文臣武將而言，他卻如同吳三桂（1612-1678）等投降者一樣，被視為不折不扣的賣國賊。

洪承疇於明末女真人興起之際，被明廷委派至東北任薊遼總督，以反擊清軍皇太極（1592-1643 年，1636-1643 年在位）

的攻勢，曾為大明皇朝一員猛將。他幼時家貧，以賣豆乾為生，後於族叔支持下開始讀書以考功名，終於萬曆四十三年（1615）中舉人，次年會試考中進士二甲十四名，先後任刑部江西司主事、浙江布政司參議、陝西督道參議等職。後於崇禎年間，因為李自成農民軍起事，洪氏被委派任清剿流寇，效果昭著，為朝廷加任陝西三邊總督、太子太保、兵部尚書職，兼河南、山西、陝西、四川、湖廣軍務，後來明代末年的一代權臣。後來東北地區清軍的攻勢日漸猛烈時，洪氏又被委派至反擊滿洲軍隊。然而，洪氏在松山之戰中因軍政混亂、政治鬥爭緣故而敗戰，後被清軍擄至清都盛京。

滿清深知洪承疇的才能，可於清朝入關之後大有可為。然而，雖然對洪氏禮遇有加，如皇太極贈予黃金、古玩、美女，皆被拒絕，且洪承疇宣佈只忠於大明皇室，並要絕食殉國。皇太極又派出愛妃莊妃（即孝莊文皇后，1613-1688）至獄中探望他，並親手奉上人蔘湯，令洪氏感動不已，但仍不足以令其投降。大清漢臣范文程（1597-1666）後來探望洪氏時，發現屋上灰塵跌落在洪氏衣服上時，洪氏卻急忙擦拭。范文程觀察到此點，便在後來見到皇太極時指出：「承疇必不死，惜其衣，況其身乎？」皇太極聽道便召見了洪承疇。在面見被大明文武百官視為「滿虜」、「酋長」的皇太極時，他堅持挺立不跪。皇太極此時見天氣寒冷，遂親手將其身上之貂皮大衣披在洪氏身上，令出身困苦的洪承疇大為感動，故決定叩首降清。此後他便一直為滿清出謀獻策，建議清朝採納明朝典章制度、尊孔崇儒、通曉漢文化、善待漢人，令大清在

關內管治趨於穩定。

當年崇禎皇帝收到洪承疇兵敗松山之戰時，便以為洪氏已經戰死，故曾為洪氏設壇哭祭，紀念洪氏為國殉死成仁。但後來崇禎帝以及其他朝臣得知洪氏已降清以後，就被南明朝野視為頭號賣國賊。昔日的老師、朋友、戰友見到洪氏時，亦不忘嘲弄一番。例如於他拜見曾任江西巡撫，曾提拔自己和史可法 (1602-1645) 的恩師郭都賢 (1599-1672) 時，欲以厚恩報予恩師與恩師之子，皆被郭氏回絕。郭都賢又故意全程瞇著眼睛，假裝失明。洪承疇就驚問老師：「何時得眼疾？」郭氏回道：「始吾識公時，目故有疾。」以「有眼無珠」之說令他慚愧不已，無以為對。

面對昔日一同反清的戰友時，洪承疇亦同樣經常受到他們嘲弄。南明將軍金正希 (1598-1645) 兵敗被執之後，受到洪承疇審問並招降時，大聲質問：「爾識我否？」洪氏回道：「豈不識金正希！爾識我否？」金正希指他不認識，洪氏說：「吾即洪亨九！」金正希故嘲弄洪氏道：「咄，亨九受先帝厚恩，官至閣部，辦虜陣亡，先帝慟哭輟朝，御製祝版，賜祭九壇，予諡、蔭子，此是我明忠臣，爾是何人，敢相冒乎？」在明軍將領孫兆奎 (？-1647) 戰敗而被押至洪承疇面前時，洪氏希望從素有交情的孫兆奎口中，得知昔日好友史可法是否已戰死沙場，問曰：「先生在兵間，審知故揚州閣部史公果死耶，抑未死耶？」孫氏嘲諷道：「經略從北來，審知故松山殉難督師洪公果死耶，抑未死耶？」洪承疇被反嘲以後惱羞

成怒，便將孫氏推出去處斬。

　　年方十七歲而血氣方剛的會稽天才少年夏完淳（1631-1647），因參與反清復明之起義而被清軍所捕後，曾書〈獄中上母書〉以表赴死意志，指自己日後於大明河山恢復之後，將會被永遠銘記：「有一日中興再造，則廟食千秋，豈止麥飯豚蹄，不為餒鬼而已哉。」洪承疇初時欲保全夏氏性命，故說：「童子何知，豈能稱兵叛逆？誤墮賊中耳！歸順當不失官。」夏完淳假裝不知道審問者為洪氏，又大義凜然曰：「我聞亨九先生本朝人傑，松山、杏山之戰，血濺章渠。先皇帝震悼褒卹，感動華夷。吾常慕其忠烈，年雖少，殺身報國，豈可以讓之！」左右差役指堂上人是洪亨九先生後，夏完淳續義正辭嚴曰：「亨九先生死王事已久，天下莫不聞之，曾經御祭七壇，天子親臨，淚流滿面龍顏，群臣嗚咽。汝何等逆徒，敢偽托其名，以污忠魄！」洪承疇無以為對，遂下令將夏完淳處斬。據聞，夏完淳死時拒不下跪，壯烈殉國。

　　以上南明被俘虜的眾文臣武將皆對這位投降滿清的故國「忠臣」大加冷嘲熱諷，而明興國公兼定海總兵王之仁（？-1646）在兵敗後身穿漢服，決定前往洪氏處投降而被問斬，就義之前曾大罵洪氏：「昔先帝設三壇祭汝，殆祭狗乎！」可見洪承疇當年在一眾明遺民心中，是不折不扣的賣國賊，更被嘲弄為狗賊。雖然清廷早期如此稱頌洪氏對大清征戰四方的功勞：

> 爾圖報豢養之恩，督理綠旗官兵，協同大兵殲逆，首擒偽
> 王，發獲奸細，招徠叛黨，除黨安民，所在著績。事竣還朝，
> 仍讚綸扉，爾能夙夜宣勞，恪供厥職。旋畀爾經略五省，
> 隨滿洲大兵，進取有賴。克襄王事，屢建功績，特授世職
> 之榮，以示酬庸之典。

　　但在經歷百年以後，反清復明勢力已被悉數鎮壓，而清國因康雍盛世之故而四海昇平，對於前朝往事也不再忌諱。故乾隆帝轉而利用歷史褒貶，來建立清朝忠君愛國的倫理觀。故下令修纂官方史書《欽定國史貳臣表傳》，當中對於洪承疇的評價就顯然與清初時有所不同，其曰：

> 開創大一統之規模，自不得不加之錄用，以靖人心而明
> 順逆。今事後平情而論，若而人者，皆以勝國臣僚，乃
> 遭際艱，不能為其主臨危授命，輒復畏死刑生，靦顏降
> 附，豈得復謂之萬人。……若以其身事兩朝，概為削而不書，則其過跡，
> 轉得藉以掩蓋，又豈所以示傳信乎？朕思此等大節有虧
> 之人，不能念其建有勳績，諒於生前，亦不因其尚有後
> 人，原於既死。

　　以上引文可見，清朝當年之所以錄用懷有思明情緒的洪承疇，實在出於現實考慮，是為要撫平抗清民心的權宜之計。洪承疇作為大明臣子，在投降後卻對被俘虜的故國忠臣、義士大加殺戮，後又領兵出師征伐撤退至雲南邊境的南明永曆政權（1646-1662），實在是「大節有虧」之人。雖然清廷亦同時肯定洪氏「實能忠於本朝」，但是此舉顯然令洪承疇在歷

史評價上，陷於兩難局面，既被當時抱持明遺民情緒、史觀的儒者和史家所否定，後來又於清廷官方以確立儒家君臣倫理時，被否定其人格道德。

　　從洪承疇的歷史評價可見，**歷史書寫牽涉書寫者所持的道德倫理標準、現實政治需要，令同一個歷史人物在不同人、不同空間、不同時間底下的形象截然不同。**論者常言「勝王敗寇」、「歷史是由勝利者所寫的」，此言不無道理，但對於明遺民及乾隆朝而言，在現實政治情況及人性掙扎的考慮下，雖然洪承疇對於緩和清初滿漢之爭有所貢獻，但就一致認為洪承疇投降後一直參與在倒戈相向的軍事行動上，反映其出仕二姓的道德理虧。

　　正如孟子所言：「孔子成《春秋》，而亂臣賊子懼。」又或劉知幾 (661-721) 於《史通》所言：「況史之為務，申以勸誡，樹之風聲。其有賊臣逆子，淫君亂主，苟直書其事，不掩其瑕，則穢跡彰於一朝，惡名被於千載。」在歷史事件及人物的評價上，無論是於事過境遷後撰史的專業史家，或是身處大時代下直視歷史洪流的普通人，依然著重春秋筆法下的道德品格評價，就反映了人對於客觀真理、倫理美德的追求。

2023 年 10 月 26 日，增修於 2024 年 4 月 26 日。

維城物語

The Tales of Victoria City: Its Aesthetics and Nostalgias

不愛江山愛美人

世界將我包　誓死都一齊
壯觀得有如　懸崖的婚禮

「係愛呀？定係責任呀？」英皇愛德華八世（King Edward VIII，1894-1972 年，1936 年在位英皇）若被問上此問題的話，他將會毫無猶豫地選擇前者。這位前英皇一生經歷大起大落，由最得民心、最為尊貴的威爾斯親王（Prince of Wales，英國男性皇儲通常獲封此爵位）、英國國王兼印度皇帝，在退位之後卻變成一個長期流亡在法國巴黎的溫莎公爵（Duke of Windsor），原因只是為了他一生最愛的女人華麗絲・辛普辛夫人（Wallis Simpson，1896-1986）。

愛德華（幼名為大衛，David）是英皇佐治五世（King George V，1865-1936 年，1910-1936 年在位英皇）的長子，因此他位列英國皇位繼承序列之首位。他作為皇太子時的俊俏面貌，實在迷到整個大英帝國的臣民，無論是出訪本國或是全世界的英國殖民地，總是迷倒萬千少女的歡心。凡英皇太子所到訪地方，莫不受到殖民地人民極大歡迎，這包括當時作為大英帝國東方堡壘的香港。但是他「不羈放縱愛自由」的性格，卻令他遭遇到人生最為困難的抉擇。

愛德華皇太子在 1931 年時，認識到當時尚為人妻的華麗絲，愛德華不理世俗成見並熱烈追求她。在愛德華的瘋狂追求後，華麗絲在 1934 年時便成為這位未來英皇的情婦。在 1936 年英皇佐治五世逝世後，愛德華皇儲隨即繼承大統，即位為英國國王兼印度皇帝，尊號為「愛德華八世」。此時，愛德華就必須正視他與華麗絲的關係，他極度希望迎娶她作

為英皇之妻，亦即英國皇后。

但在現實上，自英皇亨利八世（King Henry VIII，1491-1547年，1509-1547 年在位英皇）宣佈脫離羅馬天主教會（Roman Catholic Church），並自任為英格蘭教會（Church of England）的最高元首（Supreme Head）後，英皇一直是英國國教會（即英國聖公會，Anglican）的最高領袖（Supreme Governor）。根據英國教會習慣而言，教會並不允許再婚者（而前夫仍在世）的女人成為皇后。而且迎娶曾數次離婚的婦女為妻，在英國保守的社會風氣下也不見是風光之事；再另外，根據英國國會通過的《1931 年西敏法案》（Statute of Westminster 1931），任何關於英國君主頭銜以及皇位繼承權的問題，都必須得到大英帝國各自治領的批准，而當時加拿大、澳洲、南非各自治領政府都反對英皇這門婚事，故此愛德華迎娶華麗絲之事瞬間變成大英帝國分合之大事。

而英國子民非常愛護皇室以及英皇，華麗絲事件於 1936年 12 月上旬在報紙曝光以後，民眾上街紛紛請願，要求華麗絲「立即離開我們的國王」（Hands off our King），並高呼「天祐英皇」（God Save the King）。雖然愛德華曾經向時任首相鮑德溫（Stanley Baldwin，1867-1947 年，1923-1924 年、1924-1929年、1935-1937 年三度擔任英國首相）內閣提出各種折衷方案，但均被政府拒絕，因為英皇婚事牽涉及整個英國憲制以及習俗之問題。故此，在極度掙扎的抉擇底下，他毅然選擇造就這「壯觀得有如懸崖的婚禮」。他在當月 10 日簽署《退位詔

書》，並於翌日向整個大英帝國的臣民發表演說：「**雖然余極為希望擔負起國皇之職，但於無法得到所愛女子支持之情況下，並無可能承擔起如此沉重的責任。**」

由於愛德華與剛繼承皇位的皇弟亞厘畢（Prince Albert），即英皇佐治六世（King George VI，1895-1952 年，1936-1952 年在位）曾達成協議，愛德華在退位後將獲封「溫莎公爵」之爵位來維持皇室身份，以及英國皇室將每年提供一萬英鎊津貼其生活，但代價是愛德華必須離開英國，而且在未有得到英國君主批准下，不得私自回國。故此，愛德華在退位之後便須立刻離開英國，並在餘生時間過著流亡生活。因此，愛德華就為自己深愛的女子而甘願拋棄了本屬於他的皇位，以及他的家人、國家、人民。

佐治六世的皇后伊利沙伯（Queen Elizabeth, the Queen Mother，1900-2003 年，1936-1952 年在位皇后）一直都認為，愛德華竟然為一名紅塵女子而將英皇此極沉重責任，拋給她那個內斂、不善言辭的丈夫，是為極不負責任之行為。於本質上，愛德華「不愛江山愛美人」的行為，確實將個人私慾凌駕於國家責任之上，是自私及不負責任的。但是平心而論，古往今來又有幾多個人，願意為了自己所愛的人而甘願拋棄所有事情，並與其共渡一生？

雖然溫莎公爵愛德華王子退位之後，長期流亡在外國，實在是咎由自取之舉。但又正如在 Netflix 以英國皇室為主題

的劇集《皇冠》（The Crown）中，首相邱吉爾對他所說：「任何人都不應該因為愛而受到懲罰，雖然你對她的愛摧毀了一切。」而邱吉爾在 1936 年時，是少數同情、支持英皇的國會議員之一，這也許出於他曾作為作家所擁有的浪漫思緒了。愛情在大時代的洪流中，也許是一面雙面刃吧。

2023 年 11 月 16 日

沒有王國的國王

「我將永遠是半個國王，但最悲慘的是我沒有王國。」《皇冠》這部劇集對於英國皇室各成員的人物性格、內心變化的刻劃非常深刻。當然，這也合乎英國保守的社會氣氛，傾向以細小行為、表情來詮釋別人的動機與心情。「不愛江山愛美人」的英皇愛德華八世，是整個英國皇室最具性格、個人魅力的國王，但他最後卻只因為全心全意愛一人而遭全世界千夫所指。

一九三六年十二月十一日晚上，他在英國廣播公司（BBC）發表演說，說明自己退位的原因以後，隨即被要求離開英國，故此，他就前往奧地利與夫人華麗絲會合。皇弟亞厘畢皇子隨即成為佐治六世，並授「溫莎公爵」的稱號予其皇兄，以維持其皇室身份。然而，在這晚以後，愛德華就此由曾經熱愛的祖國驅逐出國，展開了其後長達三十六年的流亡生涯，直至死亡才得以永遠回歸祖國故土。在此期間，如果他需要回國進行特定活動，每次都必須事先得到君主批准。

一九三七年，愛德華與已經與前夫辦理好離婚手續的華麗絲遷往法國，並在法國圖爾（Tours）的康提堡（Château de Candé）進行私人的結婚儀式。愛德華曾經希望他的三皇弟告羅士打公爵亨利王子（Prince Henry, Duke of Gloucester，1900-1974）、四皇弟根德公爵佐治王子（Prince George, Duke of Kent，1902-1942）、堂兄蒙巴頓勳爵（Lord Mountbatten，1900-1979）出席儀式，但登基為皇的二皇弟佐治六世就禁止所有

皇室成員參加他的婚禮，令愛德華及華麗絲極為不滿。

雖然愛德華曾向佐治六世致歉，而佐治六世每年會向流亡的皇兄提供一定津貼，以補助其生活。但為報復愛德華「不愛江山愛美人」的行為，他拒絕向溫莎公爵夫人（Duchess of Windsor）華麗絲授予「殿下」（Her Royal Highness）的頭銜；愛德華在流亡法國兩年多時，曾經以為可以低調與公爵夫人回到英國定居。但是佐治六世（聯同其皇后伊利沙伯以及他們的皇母瑪麗皇后）就威脅指，如果愛德華未經允許而擅自回到英國的話，將會立即取消每年對他的津貼，免得這位仍然擁有人氣的前英皇，威脅現任英皇的威信。

曾經的祖國與家庭如此趕盡殺絕，愛德華只能與華麗絲兩人長期流亡法國。家人的行為亦將愛德華推往納粹德國元首希特拉（Adolf Hitler，1889-1945 年，1933-1945 年在位）的一邊。在二次世界大戰爆發之前，溫莎公爵伉儷曾經拒絕英國政府外交建議，堅持出訪當時行反猶政策的德國，並拜會元首希特拉及其納粹黨徒。最有趣的是，當時德國如普魯士、薩克森眾小邦的王族成員，依然視他們為英國皇室成員，並向他們鞠躬及行屈膝禮，愛德華和華麗絲得到了他們無法在祖國得到的尊嚴和地位。

不過最具爭議的是，一群美國士兵在戰後發現了愛德華夫婦曾與納粹德國勾結的文件。這個被稱為「馬爾堡文件」（Marburg Files）的檔案，展示出愛德華曾經考慮公開支持希

特拉，而希特拉則承諾在戰勝英國以後讓愛德華重登英國皇位。實際上，這背叛了英女皇父親佐治六世的溫莎皇室以及他自己的祖國。但是這些文件只是反映了愛德華戰前與希特拉的來往及行動。大戰爆發以後，他就被英國政府派出皇家海軍軍艦送回英國，隨後被派往加勒比海的巴哈馬群島，擔任總督之職，再未有與德國聯繫。但他背叛英國的心卻成為了永遠的污點。

戰後，溫莎公爵伉儷就回到法國共度餘生，巴黎政府亦以很低的租金向他們提供布洛涅森林別墅（Bois de Boulogne）作為居所，他們將之改命為「溫莎別墅」（Windsor Villa），擺放著自退位以來的文件以及皇室收藏品。即使退位十數年，愛德華在一九五二年獨自一人（華麗絲不被允許隨同回國）回到英國參與皇弟佐治六世的葬禮時，依然被母親瑪麗皇后（Queen Mary）批評：「為了一個女人而放棄一切！」他依然為此感到非常難堪。翌年他出席母親的葬禮時，皇室告知，華麗絲將不獲邀請至伊利沙伯的加冕典禮。為捍衛妻子尊嚴，愛德華亦決定不出席他姪女的加冕典禮。

《皇冠》第一季第五集的愛德華被來訪的記者問及：「這裡有許多你當國王時的相片，但全部都沒有戴上皇冠，這是為甚麼的呢？」這問題直接打中愛德華之痛處，他回道：「因為我沒走到那一步，我沒有接受加冕典禮。」在歷史現實上，愛德華在當年也只是透過電視來觀看女皇的加冕典禮。因為西方的皇權代表著與上帝的關係，劇集中的愛德華也被賓客

問及：「想一想那回事，你拒絕了當『神』的機會。」愛德華回應說：「**我拒絕（加冕）是為了一件更偉大的事情。**」然後他就情深地看著華麗絲。

　　愛德華「不愛江山愛美人」之所以被批評，只因為華麗絲曾經離婚兩次。正如他的退位演說所說的，他並非不想擔當起英皇的責任與職位，只是他所愛的人遭到整個宮廷體制排擠。後來的查理斯王子（Charles, Prince of Wales，今英皇三世陛下，His Majesty King Charles III）在迎娶曾離婚的卡米拉（Camilla Parker Bowles）時，卻未有因而失去皇儲之位。對愛德華而言，這可能就是時人所說的「錯的時間對的人」。退位之後的愛德華就與其妻，一同被他深愛的祖國排擠，他永遠是一個「沒有王國的國王」。世人常說：「事情本身無分對錯，只是大家立場不一樣而已。」但是對於愛德華及佐治六世來說，立場不同就象徵著水火不容、是非對錯，只因雙方都曾經互相傷害。也許，人能夠做到的是當察覺到自己內心的邪惡時，就要反思自己並停止相關行為，因為正如劇中愛德華所說：「愛是世上最偉大的事情。」而愛就不僅局限於情人之愛，還有家人、朋友之愛，所有不同種類的愛都是除上帝以外，世上最偉大的事情了。

2022 年 6 月 20 日

維城物語

The Tales of Victoria City: Its Aesthetics and Nostalgias

老派約會之必要

「寧像個書生初約佳人，蝴蝶滿心飛，不過未走近。多想一見即吻，但覺相襯，何妨從夏到秋慢慢抱緊。」經常與 MV 女主角到黃埔 Aeon 行超市的新世代歌手 MC 張天賦，最近推出與小說同名的《老派約會之必要》一曲，火速成為網絡上各大音樂平台金榜第一。筆者作為一個容易對中國風歌曲沉船的人，當然每日都要播幾次來享受那蕩氣迴腸的音樂時間。這首歌短短一個星期就在 YouTube 上有一百四十多萬的播放次數，評論區更有對香港的速食文化一矢中的之留言：「由古到今，有誰人不想有一段單純的戀愛，並且最後能夠白頭到老？」這種載滿仁義道德的腦袋，是否會是保守主義 (Conservatism) 式戀愛的東山再起呢？

在虛無主義和「上深圳玩」的潮流中覺醒的時代青年，在二零一九年的反送中運動之中為「鄉港」（Home Kong）前仆後繼，但是法國文學家卡繆所說荒謬的困境，依然纏繞著這批活在「存在主義咖啡館」的香港後生仔。卡繆在《薛西弗斯的神話》指出，人類找尋意義時將會面對世界的殘酷，並因此與現實產生無可調和的矛盾，而這個矛盾便是「荒謬」（Absurdity）本身及其來源。二零一九年香港青年人所定義的「荒謬」是政治（當然，在「由治及興」的美麗新香港而言，這是絕對錯誤的），但直接內心更深層所面對的荒謬其實茲事體大，那就是尋找人生的實在意義、價值和目的，這個問題卻從來未得到解決，愛情問題只是問題的表徵，這並非「冇地方扑野」的膚淺見解。只因為「愛」是除了上帝以外，人類

最寶貴之事，因此我們不得不深入思考此問題。

　　許多人會以「理性」之名否定「信仰」的本質，但在事實上，「愛情」其實是最接近宗教的事物，**在無神論（Atheism）、去宗教化的唯物主義世界當中，許多人追尋愛情期間面對無數苦難，但愛情依然驅使我們去追尋它，這難道不是證明了「愛情」本身是現代人的宗教嗎？**愛情本身有一半並不是理性的，感性部份若被無限擴大，那麼它將會吞噬理性部份，導致理性不再理性。如果否定每個人都擁有崇拜事物的事實，那麼他們於理解、感受愛情關係時，亦將會被他們事實上正在崇拜的偶像所反噬。對此，現代美國思想家、伊利諾州立大學前教授大衛・華萊士（David Foster Wallace，1962-2008）曾在一篇名為《這是水》（This is Water）的演講中指出：

> 在成人日常生活的戰壕當中，實際上沒有無神論這回事，沒有人不崇拜某些事物，每個人都在崇拜。我們唯一的選擇是崇拜甚麼。……幾乎所有你所崇拜的其他事物都會將你吞噬。如果你崇拜的是金錢，那麼你將永遠不會有足夠的東西，亦永遠不會覺得足夠。……崇拜你的身體、美貌以及性誘惑感時，你將會經常感到自己醜陋。當時間和年齡開始浮現出來時，你會在它們最終讓你感到悲傷之前早已死去千萬次。

　　如果不恰當的愛情變成崇拜的信仰，那麼愛情也會變成從但丁（Dante Alighieri，1265-1321）地獄而來的魔鬼來吞噬你的

生命，這正如上世紀曾於牛津及劍橋大學任教的文學教授、神學家魯益師（C. S. Lewis，1898-1963）在其著作《四種愛》（The Four Loves）中所說：「愛惟有不再變成上帝時，才不會淪為魔鬼。」這句說法值得吾輩反思。實際上，理性和感性兩部份有所互動，互相取長補短，這才是老派約會的精要。

偉大領袖毛澤東主席的〈滿江紅〉曰：「天地轉，光陰迫。一萬年太久，只爭朝夕。」不知是否受到其號召，不少時人以「活在當下」來合理化自己只求一夜歡樂春宵的原因。「活在當下」的真正意思是捉住當下，在此時此刻反思不堪入目的過去，並且展望那不可預測的未來。不少人曲解了「活在當下」這句子以及劉德華〈只知道此刻愛你〉此歌名，許多登徒浪子都會在蘭桂坊一晚的敦倫之樂時都「只知道此刻愛你」，在擺弄著掌上玩物時，又有何人能保證自己在酒紅色的燈光中不沉船？而沉船之後又想自己得到對方給予的名份，無論是正式情人又好，SP 又好，FWB 又好，這個講求儀式感卻又被解構主義者所攻伐的文字遊戲，依然是人心所向。

筆者認為劇集《皇冠》充滿人生智慧，而英國皇室所承傳的古典作風就是老派約會背後的意義。第四季當中一集談及查理斯王子與戴安娜王妃（Diana, Princess of Wales，1961-1997）的婚姻去到幾近破裂的地步，英女皇問他們是否不想再維持這段關係，戴安娜就指她依然想維持婚姻關係（在歷史事實上，戴安娜的確竭盡所能地維護皇室名聲及其婚姻），劇中的英女皇就說：「你明白維繫一段婚姻需要付出甚麼嗎？兩

個人必須彼此尊重，偶爾需要視而不見，兩人之間要作一些妥協，亦必須尊重彼此的自由，也有些必須遵守的規則。」如果愛情的本質只是激情，那麼將沒有一段愛情經得起至少三十多個春夏秋冬的日曬雨淋，因為這在邏輯上難以成立。

「誰又要火速私訂終身？甜蜜每日一小片比較動人。」一九八二年的拉菲（Lafite）紅酒之所以珍貴，除了是因為出產那年法國波爾多的陽光充足、葡萄「高汁」以外，亦因為酒是放得越久，味道才會越醇厚，愛情亦應該如此。**人與人之間的「有種牽引」，除了建基急欲「滅燭解羅衣」並於床上翻天覆雨的激情之上，更是立足於激情背後的責任、承諾與信任，而這本身亦是所有關係的基礎。**這是或許是人們在「與你有種牽引」時，能夠「勝過世界一見就吻」，並且「不急於一晚散盡十萬夜那溫柔」的關鍵所在。這種關係的神聖感足以令人在邁入教堂，向伴侶以及在場見證的來賓，自豪、興奮地高呼誓詞：「我願意！」這句說話最重要的地方是「自己願意」，自願承擔這個充滿意義、價值、目的的責任，並非「成個老襯，從此被困」的無可奈何之感。

「我將娶妳為妻，成為我的合法妻子，擁有但不佔有。從今以後，不論貧富好壞，或是健康、疾病，都將永遠愛妳、珍惜妳、保護妳，至死不渝。」我願意，至死不渝，將愛化成兩個靈魂將延續至海枯石爛的誓盟。

2022 年 8 月 10 日，修改於 2024 年 4 月 16 日。

維城物語

The Tales of Victoria City: Its Aesthetics and Nostalgias

一期一會

　　這個游離浪蕩的晚上，他行走在觀塘的一田超市之中，為著明天的野餐作充足的準備。當然，他並不特別喜好於黃埔 Aeon 行超市，因為並沒有女主角在此演齣戲。近日天氣就似電影《加勒比海盜》中大海的卡納索女神一樣，其性格、情緒都變幻莫測。每一點從萬里天上落下的雨滴、每一絲在雲層間滲下來的光線，都是大海女神為世人贈來的情意。陽光明媚天當然值得那些生活在這座飽受陰影籠罩的城市下的螞蟻高興，但是天公若不作美，換來了狂風暴雨以撕裂空氣每一個狹縫，卻也似是無可奈何。

　　伊比利亞半島的黑毛火腿，充滿西班牙陽光的熱情，配以用日本神戶牛奶製成的麵包，那口感就像絲襪奶茶般絲滑；他們將會用 IKEA 購來的夜光杯，盛載南法波爾多酒莊的葡萄美酒，那夾雜著醬果的香味、木酒桶的天然氣息，是道家先哲莊子所謂「逍遙」的要素；來自長洲島的芒果糯米糍，冰冷的白色表皮內是金黃色的悸動；還有他母親不辭工作勞苦，在睡公主的巫婆廚房中所炮製的蜜糖雞翼。但與白馬王子與睡公主的童話故事不同的是，這盒雞翼充滿了母親的甜蜜祝福，而非童年的詛咒。母親是他生命之中其中一個最重要的女人，縱使他曾經為此傷痕累累。而他翌日去野餐的對象，是生命中另外一個重要的女人。

　　這個禮拜日，他的心情相當興高采烈，似活在馬爾代夫的假日氛圍一樣，萬里無雲的蔚藍晴天，夢幻得令他的眼眸

變成導演王家衛的電影鏡頭般，每一幀都加上了老派約會的濾鏡，令波爾多葡萄酒在醉人的事業上也黯然失色，可能因為今天是見她的日子。這氣若游絲的思緒與情意，似滾滾長江般直接奔向這無纖塵的藍色天空之上，奔向浩瀚無邊的宇宙，將永不斷滅的暖意穿透到那活在太陽系寂寞邊緣的冥王星。這個如夢似幻的藍天，讓他記起了關西和歌山那條熊野川，天公似是像所有情意收藏在一樹、一葉的景致之中，那一動、一靜的大自然之中，以作為正在闌珊處偷窺一切的祂，對這對璧人的祝福。

陽光斜照在這座經過百年滄桑的維多利亞城的中環纜車總站，初秋的涼意是登高野餐好時節，每一絲微風帶著它的柔情蜜意輕輕細吻他的臉頰，而每次都是蜻蜓點水式的試探。他抬上那個似是十字架的藤織袋，頻倚著石牆祈求著天公，此時他滿載著他發自肺腑的讚美：「天父呀，請保持如此美好的一天，請賜給我不要令心跳停頓的勇氣，讓我看見她的時候不要窒息而死。縱使我知道我向著明亮的星星時，那將會令我的心如斯悸動，叫天公折服。」這種充滿著幸福的重擔是有意義的，因為它被賦予了米蘭·昆德拉所說的生命所能承受的重，鐘錶所不能準確計算的「一刻」、科學所不能量化的愛意，是這一切重擔的意義。

她今天紮著那烏黑發亮的頭髮，冰雪白皙的肌膚中白裡透紅，灼灼其華；她那桃紅色的嘴唇晶瑩剔透，有一種給人想親嚐一口的衝動，那芬暗幽香應該像在那漫天落花

的普羅旺斯花園一樣，如薰衣草的芳影、比翼鳥的細語；
她那清澈明亮而憂愁的眼睛，就像黑夜中的流星般華麗地
一閃而過，眉頭一聚足令周幽王或是愛德華八世甘於拜倒
在石榴裙下作一隻孺子牛，拋棄他們的江山以為搏紅顏一
笑，成就懸崖邊上的婚禮。她今天穿了一件淡黑色的小背
心，配以一條淡藍白色的牛仔褲，再加上一對無印簡約式
的運動鞋，她的低調難以阻礙她迸發出馥郁芳香，其淡雅
芬芳能夠沁人心脾，或叫人小鹿亂撞。至少，這由藍色玫
瑰花捲起的龍捲風，令他難以對抗這種吸引，可謂已未飲
先醉。或曰：「神如何造出這種吸引？」愛是否真的令人成
癮呢？答案只會是「無庸置疑」。

　　山頂公園是香港的浮若閣摩爾宮，那裡在英治時代是
香港總督在太平山頂上的避暑山莊，用作夏日渡假，旁邊種
有數棵百年樹木，在百多年間守護著多少在此處野餐的「老
襯」成雙成對。兩對眼睛，四隻裝配了日系濾鏡的碧亮瞳孔，
仰望著海軍藍與銀白色無縫交接的天空，一草、一木將向著
晴空獻上充滿愛的禮讚，太陽報之以萬縷柔腸，如此溫柔而
堅定。兩個港女在佈置美酒佳餚時，少不免像日本茶道一樣，
將那些心情、心意收藏在那些模糊了許多界線的儀式之上，
要將茶碗轉上千萬次，直至天荒地老，方享用這些道成肉身
的意義，這個世界的一言、一語、一呼、一應，彷彿都充滿
著愛。

　　剛佈置完了沒久，安娜希斯堡的歌便從音響中響起：

「I miss you, and I'll miss you someday. What else can say? Hey, I need you, and I'll need you someday, like a God in my dreams.……因發現，仍會想，依然會想起你，卻從何說起？仍然會想，依然會想起你，借夢留此地。」溫度與時間並沒有凝固在那個美好的一刻，卻突然急轉直下，變得風高浪急，立刻步入了那個猶如西伯利亞荒原的凜冽冬天。

她身旁的他，在此時才將他的愛娓娓道來：「其實我喜歡了你很久了。」可是，這句三個字的「我愛你！」的短語，顯然來得太遲，可謂是那些不堪回首的往事，對他決志受洗、投靠信仰的報復。「過往」就如叛徒猶大般，出賣了他那比蘇格蘭威士忌更為濃烈的愛意——這個由上帝所創造的偉大事物。此刻，他的心思猶如一支可樂被揭開樽蓋，灌進數百粒萬樂珠，差在未有像尼加拉瓜瀑布般爆發出來，此刻的他極力克制自己的情緒，不讓它如英京倫敦的天氣變幻莫測。

「這個世界怎麼會這樣差！」她說畢，便將白色紙杯內的紅酒一飲而盡，然後她便沮喪卻優雅地臥倒在藍白色的蘇格蘭格仔野餐墊上，烏黑秀髮的每一條頭髮散落在墨綠色的草地，就像是她的思緒，那也是他的思緒，只不過散落的地方不同而已。但如果世界有盡頭的話，那麼冰島的藍色永久凍土，應該是地球被遺忘、被遺棄、被拋下的世界邊緣，而她瞳孔的眼白，此時便是在世界邊緣的極光之上，一閃即過的耀目流星，繁星閃耀，迸發萬丈光芒，不像永恆星體般悠悠沉睡而終，又像那陽光泛在海上的琉璃，孤寂之美令人看

得心碎無比。而此刻，卻有兩顆支離破碎的心在此。

色彩斑斕的莊周夢蝶駐足在她的櫻桃小嘴上，世事似乎皆為南柯一夢，卻又如水中月般一樣揮之不去。蝴蝶拋棄了她曾作為毛毛蟲的過去，奔向那片自由的天空，為那些途經這片繁花碧草的遊人添上點綴。但此時的蝴蝶只是她的配角，作為主角的她似乎失去了在舞台上應有的角色，而在台下那個墨守成規的導演卻悠然地指點江山，「乜哥乜哥」那一副不可一世的模樣，摧毀著這個不屬於他的舞台和演員。她酒紅色的眼影比起那片醉人雲彩更加醉人，淺粉色的腮紅掩飾了她的覥腆，雖然不知道那是酒醉紅，還是臉上的腮紅，但它們的共通在都不是自然而成的。

此時，安娜希斯堡的歌再度響起：「Just one night, Can I be with you? Can I be with you, oh you, just for a moment. We're all in the silence, see the world in silence.」卑微而充滿愛的一句問句被問起。「我只想和妳在一起」，在這夜以悲劇來結束之前，哪怕只此星火飛逝之短短一刻，亦足以讓他在此生，都懷念這只有數分鐘的「一輩子」。「哈哈，那你還要吃晚飯嗎？」他與她到了一間名叫 Forrest Gump 的餐廳。他猶記得電影中的珍妮曾歷盡滄桑，最終卻發現眾裡尋他千百度，驀然回首時，那人卻依然站在燈火闌珊處。雖然他的臉曾經因為殘缺不堪而不堪入目，但他的臉孔卻依然清晰可辨，他的心與意志依然像他的筆名「志清」，和懸掛在天上的明星般，一樣堅定無比。

這一刻，他剛剛患上後天性色盲，除了近在咫尺的她以外，無論是夢幻的日落時刻、橙黃色的英式街燈，或是身邊曾經載滿溫柔的鳥語花香，在霓虹熄了之後的世界逐漸冷清，失去了本來的色彩。所有美景盡皆變成蕭殺之灰暗，一切星光終將墮進無底深淵，永遠在墜落之中徘徊。他傾聽著已經風起雲湧又不請自來的哀怨，傾聽著遠方的昏暗大海又安然退潮，觀看著被濺起了的無數水花，為回到深秋作此情深之輓歌，只因在寒冬即將降臨之時，實在不知春天何日再來，也難以冀望梅花可在此寒冬中生出。

　　他堅忍地肩負起那個野餐袋，重走這條曾經通往山頂秘密花園的通道，行在此狹窄懸崖小路的路途上，卻突然遍地生滿荊棘，舉步維艱。山頂纜車徐徐向山下駛去，身旁的景致卻黯然失色；皎潔明月孤寂地高懸在星河之間，這晚卻是月圓之夜；身旁是亮起了萬家燈火的維多利亞港，那個充滿了溫暖的桃花源，此刻卻充斥著存在主義故事中的各種荒謬悖論，那就是畫面與故事的不匹配，那個圓枘方鑿的荒謬是人世間最為悲哀的劇目。那隻飛在山頂公園上空的風箏飛不出這嘆息橋，這是一道她無法與你跨過的橋，只因這道橋是一道結界，注定只能止步於此。我們終究走不出這條嘆息橋，終究走不出這條嘆息橋。

　　不論是羅密歐與朱麗葉，又或梁山伯與祝英台，他們皆因靈魂相認而決定以忘掉體溫的愛，作為其滿有詩意之結局，而我們在此刻過後，卻以沒有結局作為我們的結局。在

夢醒時分回過神以後,他們便站在中環站往柴灣站的月台上,「往柴灣列車即將到站!」,「謝謝你,保重!」,「不要緊,謝謝妳!」然後,他便轉過身來插上耳機,隨即響來張敬軒的《餘震》:「你的吻‧像龍捲風吹過,怎可對抗這吸引?身貼身,如海嘯衝擊我,使我向下沉。再走近,是我完全難自禁。就算知道實在太愚笨,到底一刻也算是緣份。天地淪陷,餘震是痛苦中一絲興奮。」然後,他與她便各自出發,去尋找那屬於自己的生存路線。他跑到去往堅尼地城方向的月台,繼續去追趕著那班在生命中飄過的列車。

2022 年 11 月 26 日,記 2022 年 10 月 9 日。

維城物語

The Tales of Victoria City: Its Aesthetics and Nostalgias

酒紅色的ＭＫ初戀

　　黑露比在 Instagram 黯然消失以後，香港地馳名的 MK 妹是這個城市幾近絕跡的物種。現在的男女學生不是追 OPPA 的偽韓風，就是女僕裝式的重糖偽日風，再不然就裝作高貴脫俗的偽 ABC，像是牙牙學語時期般的英文，看著他們如斯勉強地將英文音節逐個發出，對他們來說，可能是一件賞心樂事，卻又是尷尬無比的事。而 MK 妹則是新千禧年代本土的一股潮流：MK 式斜陰、日本大眼仔、鏟手潮流、吃兩支煙的壞凱婷、超短褲踢拖出街、拉住手仔唱 Twins 的歌，雖然不知道是否天真如阿嬌，但是這種本土文化足令不少現今的香港人懷念過去。

　　作者作為上一個千禧年出生的細路，正是成長在 MK 仔女泛濫的年代。筆者本來是一個尚算循規蹈矩的學生，但是討厭讀書的性格令自己結識到不少「與眾不同」的朋友。上到中學時，就像走進了一個桃紅柳綠的新天地，中間有許多斜陰的妹豬，如同那被日本人稱為「彼岸花」的曼珠沙華，雖然血紅得令人明知有毒，但這種緋紅色又令人心醉無比。「中學生不應該談戀愛。」作為辯論場上的偽命題，在現實中肯定不能成立，這個年代的細路早熟的程度，足以令人想起喇沙書院以及瑪利曼中學之間的愛情故事。當然，當年中一純情如白紙的筆者並不懂這些成人的愛，但那種細路仔的青澀卻又一生記得。

　　「夢裡相逢人不見，若知是夢何須醒？」筆者依然記得

那位女仔的名字，她叫做郭郭，是筆者的第一位女朋友，雖然 Puppy Love 脆弱的程度令這段關係不足兩星期便告終，但這種葡萄尚未成熟至能夠釀成醇酒的味道，足以達到「酒不醉人，人卻自醉」的境界。在筆者認知中，正在醞釀愛情關係的階段被稱為「曖昧」，兩人之間會做「友達以上，戀人未滿」的事情，雖然都是做愛做的事，但是就肯定不是第二個歧義所指的事。當年班級之內，會將英文底子較好的學生編做同一班英文班，我和她是這班英文班的同學。大家本來不相識，但就在某次活動就搭上了話，希望她那時感覺不是像上了賊船一樣。

這位被稱呼為「郭郭」的阿儀並不是今天亞洲電視的「阿儀」。「牙儀」當年的別名就是「金魚」，因為她有一雙晶瑩剔透而且水汪汪的大眼睛，可謂是當時的級花，這雙在 MK 斜陰下的眼睛，可謂是望得令當年情竇初開的筆者害羞得臉紅耳熱。而她的圓圓面珠墩就似兩個青森紅蘋果，會有人想去咬一口的慾望；這一雙金魚大眼再配上酒紅色的臉，臉上有一雙小酒窩，如果與她的愛情是一塊蛋糕的話，那麼她肯定是甜到漏心的紅色士多啤梨糖漿；當時她的身高大概是155cm 左右，皮膚是健康的太陽膚色，體型是一種會令人想抱抱看的微胖身型。當時滿腦海都是日本式電視劇的青春熱血高中少年劇，幻想著一起奮力學習並經營關係到最後。

雖然筆者現在依舊是説起話來會口水橫飛，但當時無厘頭式的口若懸河足以令多年之後的筆者汗顏，就像如果不説

話的話就會被自己口水淹死的程度。當時的智能電話才屬於剛剛推出之時，拿著一部細小 Samsung 電話用信息功能聊天。與她一同放學回家以後，除了做功課、看電視以外，最大樂趣就是和她聊天。當年也沒有現在 Whatsapp 以及 Signal 這類免費的通訊程式，因此只能以每條信息計費的信息功能聊天。當時父親責問為何電話費高達四百多元之時，就足令尚屬學生而又缺乏經濟能力的筆者難以啟齒：「你唔好問我咁多啦！我都唔知點解，但你比錢我比電話費就得！」

　　雖然年代久遠，筆者也難以記得實際內容。不過，大家會分享自己的生活、興趣、日常習慣等等，無厘頭而又無所不談，春心蕩樣得像置身於櫻花盛放在初春日本的粉藍天空，而她就和我坐在青青草地上，享受著這個充滿夢幻色彩的時刻。如衛蘭般的心亂如麻，讓筆者有膽識去告白：「郭郭，你可唔可以做我女朋友呀！>.<」她回道：「好牙！」雖然筆者一直對「愛」這個觀念缺乏認知，但迄今為止，那一次是筆者人生唯一一次表白成功的時刻。這種幼稚而又青澀的時刻，在當年 MK 橫行、「派讚小鴨鴨」的年代，免不了要在 Facebook 宣告一番：「郭郭依家係我女朋友，請大家唔好恰佢！」尚為弱冠之年的男仔（筆者堅持「男仔」與「男人」是兩個概念），是需要透過社交平台來宣示他所沒有的「男子氣概」，以及所謂的「主權」，不過當然，不會像現在般「強烈不滿，堅決反對」。

　　黑色 T 恤、牛仔超短褲加一對白色人字拖，跑到當年

MK 仔女的第二個集中地。她住長沙灣頭，我住長沙灣尾，日日思君不見君，共見於深水埗西九龍中心。事後，筆者在分手以後有作過「事後檢討」，當然並不是在大汗淋漓的情況下反思，但就知道自己肯定不懂「戀愛」為何物。當時在蘋果商場內走了一圈以後，猶記得她說：「不如我們到那邊坐坐好嗎？好累呢。」那處是區內惡名昭彰的貼紙相帳篷，之所以謂之「惡名昭彰」，原因在於這些日本式的貼紙相並不反映被攝者本人的真實容貌，所以一直都嗤之以鼻。當時筆者又「唔識做」，以為她真的累了，所以要坐坐，因此就只有坐坐而已。隔了幾天，「做咩唔睬我嘅？」「不如我地都係做返朋友，咁樣好似啱啲？」此後就因為愛，所以恨了。

後來升上中二時，可能因為是無心向學，故此轉去了其他學校，後來又改為前往青年學院進修，我們就失去了聯絡和接觸了。但為甚麼筆者會知道她之後進修酒店學呢，就是因為後來高中讀旅遊與款待科出外參觀時剛好再次碰到了她，她向前來參觀的我們展示酒店業的技能。初時，她曾經主動跑過來問我：「你最近還好嗎？」筆者回道：「還好。」可能她知道筆者還介意分手一事，便微笑地轉身離去了，然後就再無交集。筆者雖然在撰寫這篇回憶文章時，需要到 Facebook 尋回那些令人尷尬萬分、無地自容的帖文和幼稚回憶，但這些「帖文的作用」就足以令筆者莞爾一笑，又回想起那些 MK 味重的日子。更重要的是，回想起這段酒紅色的心的日子。

　　雖然那次的經驗沒有甚麼太特別的事發生，也只是兩個不成熟的小孩玩著他們的家家酒遊戲。雖然此次經驗實屬於 Puppy Love 的性質，而以後筆者卻自以為介意之時，就像辛棄疾般「少年不識愁滋味，愛上層樓，愛上層樓，為賦新詞強說愁。」但認真一想，筆者每逢想到此段往事，就能回憶起當時的青澀，是每個人青春的錦瑟華年。而筆者對妳的感情，也是一直充滿著愛的。如果妳正在閱讀這篇文章，那麼就請容許我祝福妳現在的生活，是充滿幸福、快樂和平安的。

2022 年 4 月 22 日

維城物語

時光機留給你

日落時分經常會被「龍友」稱為「魔法時刻」（Magic Hour），紫紅色的天空令人當天的壓力與煩惱，頃刻隨著日落黃昏而消逝。血紅色的夕陽光彩斜照進班房以內，將腳放上桌上與死黨一起痛罵著考試制度的「吃人」，談著一會去哪兒晚飯，噢，「去邊度食飯？」、「一陣食咩？」大概是每個學生每天回到學校第一件需要費煞思量的問題，耗了不少腦細胞。然而，現時卻沒有多啦A夢的時光機，讓人像野比大雄般能夠隨時回到那些花漾年華，但是，當年的太陽與今日的太陽是同一個太陽，以往與現在能夠透過腦海中的回憶和美感連結起來。

記得當年家中數百尺住了許多人，祖父母、父母與我，後來再加上在中國移民來港的「牙妹」（堂妹）與堂弟一家。早兩年去世的先祖父以前經常慨嘆：「相見好，同住難。」因為婆媳關係永遠就像英國與法國世仇般「又傾又砌」，戰火卻不知不覺地蔓延到自己的子女身上，子女因而成為凡爾登戰場的一部份。早一輪罕有地與牙妹，在深夜時間促膝長談，她表示在當年亦遇上同樣問題，生活在夾縫之間卻要選邊企，這種「六國大封相」卻將家庭關係撕裂成千萬碎片，令童年蒙成陰影。當年筆者逃避的方法，就是選擇在學校逗留至晚上十一點多才回家，因為在那時大家已經鳴金收兵，我就回到那剛剛完結了索姆河戰役的戰場。

多年後說甚麼「當時發奮圖強」實在是廢話連篇，縱使

在數學老師廖父的悉心照料下，數學最終由拎 U 到合格，成為「Mother Secondary School」由工業學校轉為文法學校廿多年以來，第一個有一科在公開考試上取得五星星分數，並且第一個考入香港大學學生，也算是中學「武館界」的奇蹟。不過，當年除了那些因為不甘被外界、家人看輕而令人感到鼓舞的「被重構的歷史」以外，最主要希望做一個逃兵。在一個心智上尚為「細路仔」的年輕人來說，在一場不公義戰爭當中選邊站，實在是撕心裂肺。況且，不知道他們對子女的冷漠是否一種對曾對自己造成傷害的家人的報復，但實際上令下一代成為了他們自身問題的代罪羔羊，將他們拋棄在一個無遮、無掩的阿拉伯荒野之上，不要說要「登陸太陽」，在這裡只能苦苦求存。由是，學校班房便成為了自己的家，同學、老師就變成自己的家人。

「你這種大男人主義的人，應該要學一下廖 Sir 對老婆的那一種溫柔、體貼，以及遷就。」雖然前後句自相矛盾，但起碼，意氣風發的他們曾頻倚欄杆上控訴考試制度的不自由，控訴政治對民主自由的壓迫，控訴著這個制度是如何磨滅正在操卷的我們的心智。數個春夏秋冬以後，驀然回首，人生最自由的時間其實是中學時代的花漾年華，即使自己的抉擇如何差劣，自然會有人幫手執手尾；並且能夠在家中過著以一個廢人身份渡日，飯來張口，衣來伸手，且安然在床上躺平，和不切實際地傷春悲秋，亦不用衡量現實和理想。

男生不時要在班房召開軍事會議，三上悠亞、波多野結

衣這堆日本愛情動作文藝電影中的女主角名字，又對同級女同學評頭品足：「喂，今日紳士時間係討論我地班邊個對腳最靚！」一群參謀軍官在希特拉最後的石室內的這場秘密軍事會議，那種入木三分的淫笑臉孔依然歷歷在目，對話內容令人回味無窮。女生就為 BL 動畫而失去理智，討論放學之後去何處「整指甲」，又或聚起來講是非。而那個妹豬年代的廉價飯盒是學生恩物，縱使經常有蟑螂腳、萬年油作為「加料」。猶記得有位兄弟曾說：「興記的飯就像狗飯一樣，但我好喜歡吃。」然後，旁邊正享受著興記飯盒的女同學，馬上以兇狠的眼神瞪著我們，男生隨即回以放聲恥笑。但是，從來最好笑的並不是飯盒好吃與否，而是兄弟姊妹的笑聲。

有時候苦苦哀求班主任鄧媽媽解鎖電腦以後，除了聽衛蘭那些 Y2K 妹豬歌曲以外，亦會將此處變成嘉禾電影院。所謂「少年不識愁滋味，愛上層樓。愛上層樓，為賦新詞強說愁。」少年為了滿足「自己想變成大人」的幻想，大概會將自身經歷戲劇化、悲傷化，並且從這種自我虐待和質疑的狀態取得快感。所以，看電影很容易像《霸王別姬》般，張國榮於戲中太入戲，戲中人程蝶衣又在戲中的京劇太入戲，即如《胭脂扣》所言「如夢如幻月，若即若離花」，讓自己分不清楚自己在現實抑或想像之中；又或想像自己如《梁祝》中的吳奇隆、楊采妮般，「陪同彼此青春過，愛到最徹底」；又或《魔戒》（Lord of the Rings）中的洛汗國王般，帶領數千騎兵衝向魔多大軍的熱血。這種情緒、思緒的盡情投入，大概不會是成年人再有的技能，那種對事情的冷漠與抽離是基本吧。

關於友情，英國思想家魯益師曾經以生動形容來說明不同關係的性質，他指戀人是互相對望的，因為要看著對方的臉蛋與內心。而朋友則是肩並肩，向前望著同一方向的，只因大家分享著共同的興趣、理想。筆者中五、中六那兩年的回憶，也許像日本寶礦力廣告般的洋溢四方，一邊聽著竹內瑪利亞的《膠愛》（Plastic Love）或山下達郎八十年代的日本城市流行曲，一邊熱情奔放地跑在南太平洋孤島的海灘之上，讓水花四濺在烈日陽光底下在空中閃閃發光。當年筆者擔任主席的學生會內閣曾被人嘲為「班會」，但大家除了滿足學校期望，扮演好進大學的明日之星，也要為這些「非以役人，乃役於人」的工作而奔波，整宣傳壁報板、準備選舉答辯大會、準備活動計劃書、籌備體育和燒烤活動等等。這也許是印證了魯益師所說的，大家為著同一個方向和目標而前進。

《千與千尋》曾有一句：「曾經發生過的事情不可能忘記，只不過是想不起而已。」然而，中學畢業典禮象徵著人生踏入新階段，也預視著友誼變質是不可抗逆之事，原因並不在於以往的愛恨情仇不復存在，因為回憶就如烙印般烙在心中。變質的原因是，各人都尋覓著自己的方向，而在尋覓的路途當中越走越遠，魯益師所說的「共同方向」也隨之消失，大家都各自在青森縣的自殺森林中蕩失路了。自殺指的並不是指肉體上的死亡，而是指心靈上的死亡。有些人「人活但如死」，有些人卻「人死但如生」。在虛無主義的時代裡，每個人都像棄嬰一樣被遺棄在社會的裂縫之間，在尋找

意義、價值、目標的道路上苦苦求存，尋找可以令心靈得以立錐之地。

那些回憶被束之於紅樓高閣，又如北極凍土般被冰封千萬年。筆者依稀記得當年上林溢欣的中文補習班時，曾經閱讀過一篇五星星抒情文章。雖然這篇文章就像躺在手術台上的屍體，被剖析其充滿銅臭的應試技巧，但依然讀得熱淚盈眶。文章講及一個從中學畢業多年的人，一次與一群中學同學相聚的場景。大家當年高談熱血理想，勉勵他人要「當一株在紅塵俗世中的空谷幽蘭」，以不負少年頭，但事實上，大家如今卻只談股票市場升跌、工作薪金待遇、生活的冤屈氣，而主角卻只回憶起那些在高閣之上的陳年舊事，感到自己格格不入。彷彿，過往是落伍的，現在是真實的，未來是進步的。「進步」的定義並不在於關係進展，而是在於多買幾隻錶，並且摶到伯爵的地位和蕭邦的雋永，卻忘記自己為甚麼高興。

如果成長的本質是尋回童真的話，那麼在成長的過程中，這種童真早已消失殆盡。空谷幽蘭不再栽種在天山淨土之上，而是成長在充滿謊言的酒池肉林當中，這朵過時的花已經是滿身銅臭酒氣了。只希望我們在現實迷失時，乘坐時光機回到過去之際，在回憶裡有那一個他和她為你帶路。

2022 年 7 月 26 日，增修於 2024 年 4 月 26 日。

輯一 時光機留給你

Where is the garden of Eden created by God,

The place where Adam lives? She.

Grey Dusty is draped over her side,

A Peachy French Hydrangea frozen in ice,

Grows on a high cliff in a valley of death and shade.

Years and years of stormy winds and waves,

The pheromone scent of her, cannot be stopped,

That aroma of instinct and maturity.

Years of hail cannot hide her elegance,

The perfect complement to herself on the contrary,

That pure crystal dares to convince God.

Presenting her with tenderness, tolerance, appreciation,

Or the unconditional love,

Let her true light shine to cover that abysmal sea of

nothingness.

輯
二

第五縱隊

崇尚法西斯主義的西班牙長槍黨 (Falange Española) 領袖佛朗哥 (Francisco Franco Bahamonde，1892-1975) 在宣佈發動起事以期推翻西班牙左派政府後，其手下大將莫拉 (Emilio Mola y Vidal，1887-1937) 曾被國際記者詢問其行軍策略，莫拉回答指，反對左派政府的國民軍已有四個縱隊向西京馬德里進發，而首都內就有秘密的第五縱隊在首都內，即將與城外軍隊裡應外合，推翻迫害民族主義派的左派共和政府。**後世便以「第五縱隊」（Fifth Column）來形容那些潛伏在自身群體以內，並隨時會出賣自己的叛徒。**

在香港從「抗疫政治」步出陰霾，並在正確實施基本法，保障中國的國家安全，而又行穩致遠、由亂及治、由治及興的偉大時代下，口罩已成為了舊時代的象徵，象徵著自由被束縛的年代，人的思想被口罩軟禁的年代。筆者一次前往香港大學保健處的經歷，便遇上那些熱烈擁護祖國口罩政治的抗疫遺民。那時，筆者安靜坐在一旁，等待藥劑師將鼻敏感藥端在藥物盤上，突然就有患有抗疫神經病的一女子指著筆者罵：「為甚麼你不戴口罩？你大學生不識字的麼？門口貼著診所範圍要戴口罩。」筆者回道：「為甚麼我要戴口罩呢？」便有另外一個有晚期結構性中年危機的老年人加入了這場無意義的口水戰爭。

然後他們便一堆訴諸人身（Ad Hominem）的攻擊：「讀到大學都不戴口罩，不要影衰香港大學啦，讀甚麼鬼大

學。」、「為甚麼你如此無恥（地不戴口罩）呢？」、「我讀大學的時候，你還在你老母個肛門內。」、「不戴口罩會將傳染病傳染給人。」、「政府寫了要戴口罩的呀，你不戴就別讀大學啦。」、「大陸就可能已經不用戴口罩，香港仍要呀。」最後，他又贈了一句金石良言給筆者：「你快點仆街死。」筆者突然想起了偉大的毛澤東主席在蘇聯外國勢力的影響下，曾經在莫斯科大學（Moscow State University）處說：「世界是你們的，也是我們的，但是歸根結底是你們的。你們青年人朝氣蓬勃，正在興旺時期，好像早晨八九點鐘的太陽。希望寄托在你們身上。」又依稀記得電影《普羅米修斯》（Prometheus）中的大衛，曾經向製造他的主人韋蘭說：「你會死，我不會。」想到此處，筆者想著便回道：「仆街死是一個好想法，但是我還未死，你那麼老應該你會先死。」

納粹德國那位不符合其雅利安人人體美學的宣傳部長戈培爾（Joseph Goebbels，1897-1945）曾經指出：「宣傳的基本原則就是不斷重複有效論點，謊言要一再傳播並裝扮得令人相信。」數年前在某國和西方左派的宣傳機器下，產自美國又或烏克蘭，又或火星隕石的新型冠狀病毒，被渲染為一種就算康復也打擊健康甚大的難治之症。他們聲稱要以科學角度來執行完全消滅病毒的「清零」政策時，一副唯我獨尊、「眾人皆醉我獨醒」的嘴臉，將人性將驕傲自大的罪惡顯露無遺，就像美國抗疫戰犯福奇（Anthony Fauci）就曾如此說：「所以批評（編按：抗疫政策）很容易，但他們實際上是在批評科學，因為我本身就代表了科學。」自大挾持著「科學」來為他們左

派政權的謊言塗脂抹粉，那與納粹黨利用科學來合理化他們的所謂種族優生主義又有何分別？

當人取得權力時，他們就會改寫「真理」本身。法國哲學家傅柯（Michel Foucault，1926-1984）的權力理論（Theory of Power）可謂是西方左派對自己的回力鏢，他們一方面作為反抗者，以「權力結構」來批判歷史上各個暴政現象，一方面他們又作為革命者，鼓吹用武力奪權以「破四舊，立四新」。但所以謂之為「回力鏢」，原因在於他們奪權以後，便會以絕對權力來改寫「真理」的定義，並同樣地利用權力來消滅他們眼中的反革命敵人，如法國大革命後的雅各賓俱樂部（Club des Jacobins）、俄國十月革命後的大清洗運動（Great Purge）、中國共產革命後三十年的政治運動，當然後者已被偉大的「改革開放總舵手」鄧小平（1904-1997），以《關於建國以來黨的若干歷史問題的決議》一份文件所否定，但這些歷史事例都反映了極左思潮的結構性缺陷。**左派打倒了聲稱「維護連綿皇統」的舊暴君以後，自己便會成為了主張「維護革命秩序」的新暴君，因此他們所針著的並非意識形態本身，而是他們是否掌握權力。**

在所謂「疫情」時期，主要分開兩種戴口罩的人群，第一種在品性上較為單純，他們在得知起源自美國或烏克蘭，但爆發於中國武漢市的疫症以後，隨即主張戴口罩，他們恐懼病毒本身帶來的健康風險；第二種是經歷過二零一九年反送中運動的一部份極端黃絲，他們本質上與極端藍絲沒有分

別，他們純粹為了對抗當時那個「好打得」的婆娘，只因那婆娘曾說：「戴了口罩都要除下來。」所以不戴口罩作為當時官方政策，他們就要反對這個政策，堅持要戴口罩出門。在香港政府宣佈解除所有「抗疫」政策時，他們又為了反抗政府，認為政府行為「不科學」，而堅持戴口罩出門。而兩者那種趾高氣揚、自視高人一等的優越感，實在令人道德反感。

前者讓筆者想起了二戰後審判納粹黨徒的畫面，猶太裔美國哲學家漢娜．鄂蘭（Hannah Arendt，1906-1975）在耶路撒冷軍事法庭聽審時，注意到受審的納粹黨衛軍中校艾希曼只是一個「沉悶、普通平庸得可怕」、「平凡到令人感受不到一點變態和殘酷」的人，正正如此，鄂蘭認為：「（艾希曼）那種不帶個人思想的官僚心態，令他對自己的所作所為，從現實脈絡抽離，在沒有惡念的情況下，做出歷史上最邪惡的事。」她指出，所謂「邪惡」並非如常人想像般面目猙獰，也可以是如此平庸的、不經思考的，這就是所謂「平庸之惡」。三年戴口罩的社會現象最恐怖的地方在於，整個世界和政府一方面利用科學來操縱普通人的恐懼心理，然後將社會推向一個與《一九八四》中的極權社會只有一線之差的境況，然後戴口罩的愚民則自以為那是最「科學」、理性不過的行為，並自感優越地歧視不戴口罩者為反社會人士。

這亦反映了一個現象，在德國無神論哲學家尼采（Friedrich Nietzsche，1844-1900）殺死了上帝以後，科學本身似乎成為了世人觀察、驗證某個自然定律的唯一方法，但在此

過程中許多人渲染「科學已戰勝宗教」、「科學就是一切」的意識形態，他們敵視傳統宗教信仰並視之為迷信，將科學未能解釋的現象打之為迷信，就讓科學本身變成一種新型宗教信仰。可反映啟蒙運動並沒有完全開啟世人的心智，如果我們視迷信本身為思想上缺失，就正如德國哲學家康德（Immanuel Kant，1724-1804）曾指：「啟蒙就是人離開他自己所招致的未成熟狀態。未成熟狀態就是缺乏在不受他人指導下運用自己知性的能力；若未成熟的原因不在於缺乏知性，而在於缺乏不受他人指導下運用知性的決心和勇氣，則這種未成熟狀態是自招的。」那些自甘被恐懼本身操縱的人，本身就是心智未有啟蒙的「平庸之惡」，並不敢於挑戰那些戴著「科學」面具來偽裝權威的獨裁國家機器。至於對「為反而反」的後者，筆者依然認為，若在打倒怪獸的過程，自己也變成了怪獸本身，那麼這種革命只是一種混亂。

鄂蘭又曾經在《極權主義的起源》（The Origins of Totalitarianism）一書中指，極權主義政體宣稱他們可以給予生活在混亂狀態的大眾以精神上的安慰，原因在於極權主義能給予人作為動物的本能追求，**那就是一種以自由作為代價，來換取回來的安穩感**。但在事實上，社會安全與真相、自由等價值，往往成一個矛盾關係，當國家追求安全的時候就會犧牲真相和自由。而公民必須承受一個風險，那就是國家可能會在權力腐化下變質，在「維持社會穩定」的過程之中侵奪人權，可見「安全」的代價是非常沉重。十八世紀反抗英佔狀態的愛爾蘭律師約翰・嘉倫（John Philpot Curran，1750-

1817) 在都柏林市長選舉時，曾在愛爾蘭樞密院 (Privy Council of Ireland) 的演說上曾指：「懶惰者的共同命運，將會是眼白白看著自己的權利成為了野心家的獵物。上帝賦予人類以自由的條件為永恆的警惕，如果他違背了這個條件，被奴役就是他犯罪的後果和罪過本身的懲罰。」嘉倫在英治愛爾蘭官方機構上，能夠鼓起勇氣說這番說話，殊屬不易。

美國民主黨唯一值得世人尊敬、紀念的總統富蘭克林·羅斯福 (Franklin D. Roosevelt，1882-1945) 在一九三三年就職典禮上曾說：「唯一值得吾輩恐懼之事，惟『恐懼』本身也。」面對因拆破謊言所導致人身、健康安全時，人有所恐懼殊為人之常情。但是，若我們經過理性思考後，仍不能在內心分辨清楚事物的本質與真相，甘心將謊言內化成自己動物本能一部份，並自己選擇成為自己本身的第五縱隊的話，那麼人類不禁要自問，先賢先哲又何苦追求思想革命了？讀聖賢書，又所為何事呢？難道我們不應該鼓起勇氣面對真相嗎？

2024 年 1 月 24 日

維城物語

The Tales of Victoria City: Its Aesthetics and Nostalgias

毒氣室內的德國人

My boy, we are Pilgrims in an unholy land

在電影《穿條紋衣的男孩》（The Boy in the Striped Pajamas）當中，「血統純正」的日耳曼德國人小男孩布魯諾（Bruno）一家，由於其任職納粹黨軍官的父親升職，全家搬往一個用鐵絲網包圍的住宅區。離這個住宅區不遠的森林當中，有一個經常冒起難聞黑煙的營區，當中有許多穿著條紋間條衣的人在當中默默工作，布魯諾以為他們只是玩家家酒的遊戲，更隔著鐵絲網認識了一位奇怪名字的男孩——斯密爾（Shmuel），便展開了一段純真的友誼。然而，布魯諾卻不知道那位男孩為猶太人，亦不知道營區是令後世聞之恐懼的猶太人滅絕營（Vernichtungslager）。

這個故事充斥著納粹德國時期的優生學（Eugenics）概念，當時德國人厭惡猶太人的原因，在於德國相信「刀刺在背」傳說，意指猶太人在一次世界大戰時，以經濟手段導致德國經濟崩潰繼而令德國戰敗，繼而接受屈辱的《凡爾賽條約》。在敵視和迫害猶太人的歷史背景下，布魯諾的母親不願與新居中的猶太僕人談話，直至該名曾為醫生的猶太人幫布魯諾包紮傷口後，母親才發現猶太人其實亦是有惻隱之心的人類，然後心生憐憫；而布魯諾父親的下屬有一位在大學任職文學教授的父親，因不滿納粹黨反猶政策而移居瑞士，他為了展示對「偉光正」的納粹黨的忠誠，隨即將那名曾醫治布魯諾的猶太僕人當場打死。

布魯諾父親又安排家庭教師為布魯諾及其姐姐進行教

育，教學內容無非是教授德國優生學以及祖國偉大事業，又將猶太人非人化（Dehumanisation），指其為奸詐、低等的人種，德國若要實現「德意志民族偉大復興的德國夢」，就要將這群危害祖國事業的「人」完全消滅。不知地厚天高的布魯諾夢想有一天，他將成為身穿閃亮盔甲的騎士，前往荒蠻之地進行探險，家庭教師隨即拿起一本《德國年鑑》，希望布魯諾拋棄科幻小說，轉而學習一些關於「真實世界」的知識。

童年無忌的布魯諾聽到老師指所有猶太人都是壞人以後，問道：「難道這個世界就沒有好的猶太人嗎？」老師回道：「如果你找到一個好的猶太人，你將會是世上最偉大的探險家了。」後來，布魯諾的姐姐將放在房間中那兒時的洋娃娃拋棄掉，換上了偉大領袖希特拉的肖像以及德軍所向無敵的宣傳海報，又批評指「猶太人活該有這種下場」。

一天，布魯諾母親聽到丈夫下屬一句：「他們燒起上來更難聞，不是嗎？」她隨即意識到那些黑煙是焚燒猶太人屍體的味道，又發現自己丈夫竟是策劃這種暴行的指揮官，而自己一家在日後將會刻在歷史恥辱柱上，她內心極為痛苦。布魯諾則一直維持著與猶太男孩斯密爾的友誼，在每次見面時，他都會帶上食物、甜點和足球一起玩耍。後來，布魯諾因為一次背叛斯密爾的行為而深感後悔，決定也穿上了與斯密爾相同的滅絕營條紋衣，並進入營中尋找斯密爾「失蹤」的父母親。

然而，在布魯諾和斯密爾進入滅絕營不久後，一群黨衛軍將包括他們在內的猶太人趕至毒氣室，並謊稱只是「洗澡」、「除蟲」，被趕進毒氣室後，納粹黨軍人為了令猶太人的恐懼最大化，將所有燈光都熄滅，任由他們尖叫。隨後，化學軍官就將「齊克隆B」的化學毒藥倒入通氣孔。不明所以的布魯諾在此時，依然緊握好友斯密爾的手，決定與他一同經歷這個充滿未知、不安的處境。最諷刺的是，由於布魯諾未有行猶太割禮被其他猶太人看見了，他們卻默不作聲。最後，毒氣室鐵門背後一輪掙扎以後，就再沒有任何人尖叫的聲音。納粹黨軍官的兒子竟然諷刺地死在由他自己設計的滅絕營中，成為了這套電影的悲慘結局。

《穿條紋衣的男孩》原作者約翰‧波恩（John Boyne）引用了曾得到英女皇伊利沙伯二世陛下（Her Majesty Queen Elizabeth II，1926-2022年，1952-2022年在位聯合王國女皇）御賜「桂冠詩人」（Poet Laureate）榮譽的貝傑曼爵士（Sir John Betjeman，1906-1984）的一句說話，電影開頭亦有展現了出來：「在理智的黑暗時刻來臨之前，童年的感知是由聽覺、嗅覺、視覺所衡量的。」這句說話非貶低「理性」對於人類思考的重要性，**而是在於有部份「別有用心」的人挪用「理性」本身作為手段，達到合符其意識形態的政治目的。**極權政府樂於以理性之名，來堆砌一套看似無堅不摧，但又可隨時因應需要而更動的偉大理論。正如中國革命的「外國教師爺」史達林（Joseph Stalin，1878-1953年，1922-1953年在任蘇聯領導人）清除政敵後，就會將他們從過往的相片中刪去，雖然「由治及興」的新俄國

並沒有 Photoshop，但相關人員的偽造相片的技術相當成熟。

在閱讀許多專制政府濫用「理性」來鼓動人民相信國家意識形態的史例時，筆者憶起了德國哲學家康德曾經在其著作《道德形上學基礎》（Grundlegung zur Metaphysik der Sitten）中，提出「定言令式」（Categorical Imperative）的哲學概念，意思指某行為、言論乃是出於純粹客觀的必然性；相反，如果這些行為和言論是作為手段，來實現某個目的的話，就為「假言令式」（Hypothetical imperative）。康德在此基礎上，在道德倫理的層面上引申出：「行動時對待人類的方式是，不論是自己或任何一個他人，絕對不能當成只是手段，而永遠要同時當成是目的。」意思指，人們不應該當其他「人」為一種「手段」，「人」應該成為「被成就」的「目的」，正如知識應該是目的，而非手段。

雖然香港有一位侍奉兩個主，又幫經常「冇心情，唔去住」的「仆佳仔」擔任「代表牧師」的聖職人員，正敗壞上帝和基督信仰的名聲，但是，同時間擁抱大公傳統（Catholicity）和新教思想（Protestantism）的聖公會其實有不少智者。而在古希伯來文化中，「心」是一個人內在的「存有」（The Inner Being），作為連結及整合人類思想、情緒、意志、精神的所在之處，是整個人的「所是」（Being）和「所為」（Doing）的泉源，人所欲求、所言、所行全部都是由心所發出，會理性思想的腦袋只是人的局部。內心是人整合腦袋知識、感性心靈這個矛盾體的中心，如果人在腦袋、心靈分家之中迷失，

人的理性頭腦只會淪為欺騙自己的工具，再用大道理來合理化自己私慾、罪惡的工具。因此，越聰明和越有知識的腦袋未必能夠帶來祝福，反更有可能帶來更為龐大的禍害。

　　筆者自中學時代便受恩於許多基督徒老師，曾經對香港教育充滿熱誠，在香港風高浪急之時希望能夠修身立德，達致韓愈在〈師說〉所訂立的為人師表的責任，亦即傳道、授業、解惑的重任。然而，在國安元年 (2020) 之前一年所發生的社會激盪之後，香港教育界接連遭受許多衝擊，這個教育制度現在就像《穿條紋衣的男孩》中的家庭教師一樣，向學生輸出一套以理性包裝的意識形態。如國安元年的文憑試歷史科爭議，一條「『1900-45 年間，日本為中國帶來的利多於弊。』你是否同意此說？」的問題，引起親中派排山倒海地以「傷害民族感情」為由攻伐之；國安二年 (2021)，中共新華社和其衛星報章《人民日報》發表文章，形容由民主派人士司徒華 (1931-2011) 所創立的香港教育專業人員協會 (即教協) 為「毒瘤」，長期從事「反中亂港活動」，迫令這個會員人數達到九萬多並佔教育界差不多九成人數的教師工會，最終走向自我解散的窮途末路。

　　同年，擁有專業會計師資格的教育局長，將一直備受親中派批評為「輸出激進思想」的通識教育科廢除，並以所謂「公民與社會發展科」取代之，當然筆者知道當中尚未加入將批判球王美斯 (Lionel Messi) 的內容，但相信深明國家大義的現在局長將在不久將來會響應黨中央實行所謂「愛國主義

教育」的號召。而且，雖然筆者悲觀得尚未看到「由治及興」的好處，但在《港區國安法》這支「定海神針」令香港「由亂及治」、「由治及興」之後，教育局發出指引要求全香港中小學，均須根據局方的《國家安全教育年曆》來推行「國家安全」教育，看怕筆者也是時候響應國家的號召，在升中國國旗的升旗禮上聽到中國國歌時，要淚流滿面，要「報效黨國」。

筆者所教授的中國歷史科現成為了「國家安全教育」的重點科目，這自然令筆者無法幸免地如雷鋒般「願做革命的螺絲釘」，當然黨國是偉光正的，但起碼在這個體制下每個人仍有「把槍口抬高一厘米的權利」。教育局前一陣子前來突襲筆者所任教學校時，充當政權「稅吏」的視學官將筆者審問一番，問學校課程有何「國安」元素、跨科組如何合作推行「國安教育」、非華語學生如何更認識和認同中國之後，又設有一課觀課時段，去觀察筆者如何七情上面地教導學生「愛國」，當然，筆者亦嘗試在符合良心的原則下應付這種事情。無論是以前中國明清時代 (1368-1912) 的秦淮河畔，抑或是日本江戶時代的吉原遊廓，甚至是現在大阪的甚麼吃雪糕的地方，現時的教育行業基本上卻是甚麼服務都要提供。

美國政治哲學家漢娜‧鄂蘭筆下的納粹軍官艾希曼充滿了「平庸之惡」，盲目執行黨國命令，而自己又是犬儒的道德相對主義者，導致許多猶太人被工業式屠殺，單單一個奧斯威辛滅絕營 (Auschwitz Concentration Camp) 就死了一百萬人。鄂蘭的觀察志在指出，普通人在國家機器面前無論思考與

否，其實也可能在權力和惰性驅使下，變成像艾希曼般的角色。在香港這個年代，作為曾見證過時的一員，筆者及其他教育界同工，如今竟然要帶學生前往以英女皇名字命名的伊利沙伯體育館，來觀看由某「紀律部隊」所舉辦的所謂「更新音樂劇」。

這個「音樂劇」的內容，是說一群「受到誤導」而「參與黑暴暴動」的年輕人，在經過職員的「循循善誘」後決定「改過自新」，大會呼籲社會應多加「接納」這些「曾經犯錯」的年輕人。最令人心寒之處，莫過於在場數千名學生並不知道這場所謂「音樂劇」，他們如同正看著姜濤的演唱會一樣，大聲地歡呼、尖叫。正如《紅樓夢》那句：「假作真時真亦假，無為有處有還無。」當人分不清真假虛實之際，便是人性最軟弱之時。這個畫面，令筆者不禁想起了電影《聖戰奇兵》（Indiana Jones and the Last Crusade）當中，考古學家鍾英迪（Indiana Jones）在混入納粹黨大會時，其父親鍾亨利（Henry Jones）所說：「我的孩子，我們現在是邪惡之地的『朝聖者』。」他可以冷靜如此實在不容易。

當「理性」本身成為手段，而非人追求知識和智慧的目的的時刻，如果人們缺乏足夠的理性，用來意識到邪惡的真實存在時，那麼這個社會的集體墮落就變得理所當然。前者將會令那些自以為擁有「正確知識」的人，成為國家意識形態至為熱烈的擁護者，並將對任何反對這謊言的異見者進行迫害，就像《穿條紋衣的男孩》中那些盲目的納粹黨徒一樣，

令國家的體制暴力繼續蔓延，如納粹德國和盧旺達般的種族滅絕、歷史上共產主義政權的暴政。後者則會淪為「平庸之惡」，他們就缺乏正確理性的思考底下，如捷克文學家兼前總統哈維爾（Václav Havel，1936-2011）所言：「人們確認了這個制度，完善了這個制度，製造了這個制度，最後變成了這個制度。」社會終在放棄思考的情況底下，與這個制度融為一體。

但是，無論對於普羅大眾還是學院派（Academism）而言，追求理性上的知識依然重要，但人若不能分清楚「知識」本身是「手段」還是「目的」的話，那麼理性知識並不會如美國政治家費德歷・道格拉斯（Frederick Douglass，1818-1895）所言「知識使人不被奴役」，相反，只會更像奧斯維辛滅絕營門前那句「勞動使人自由」般，知識只會成為奴役自己、奴役他人的工具而已。就像普世大公教會（或「聖而公之教會」，The Holy Catholic Church。Catholic 一字有完全、普世、大眾、所有的意思）神學思想所觀察的一樣，如果頭腦上的理性知識和心靈上的感性認知，如良知、道德律等等，不能在上帝和真理面前合一的話，那麼理性只會成為滋長、縱容、蔓延罪惡的溫床。

許多羅馬史書以及新約《聖經》都記載了耶穌基督四出廣傳福音的事跡，〈約翰福音〉一段經文，記錄了當時耶穌向猶太人進行教導的情況：

> 耶穌對信他的猶太人說：「你們若常常遵守我的道，就
> 真是我的門徒，你們必曉得真理，真理必叫你們得以自
> 由。」他們回答說：「我們是亞伯拉罕的後裔，從來沒
> 有做過誰的奴僕，你怎麼說『你們必得以自由』呢？」耶
> 穌回答說：「我實實在在地告訴你們：所有犯罪的就是
> 罪的奴僕。奴僕不能永遠住在家裡，兒子是永遠住在家
> 裡。所以天父的兒子若叫你們自由，你們就真自由了。」

　　在經文啟發下，影響整個基督教發展極深的神聖奧古
斯丁（St. Augustine of Hippo，354-430）在其神學名著《懺悔錄》
（Confessions）中曾說：「思想需要被神聖的光所啟發，以便
它能夠探索真理，因為思想本身並不是真理的本質。主啊，
你要點亮我的燈。」若理性知識在夜幕覆蓋大地之時，能夠
發揮其真正的意義、價值和目的，那麼德國小男孩布魯諾那
充滿童真的正直、率真，能夠使每一個人都能夠透過「活在
真實中」（Living in Truth）而得到真正的自由。

　　　　　　　　　2024 年 2 月 18 日，在政治舞台劇之後。

輯二 毒氣室內的德國人

維城物語

The Tales of Victoria City: Its Aesthetics and Nostalgias

偉光正的史丹福大學

絕大多數由共產黨執政的國家，秉持著「敢於鬥爭，善於鬥爭」的政府，都會制訂對於某某事情的規範，以彰顯國家機器、公權力對所有公私領域的掌控，大至國家主權，小至人民剪甚麼髮型，都無一不是領袖和政府領導廣大「革命群眾」的偉大作為。當然，作為經歷過由亂到治、由治及興、愛國者治港的「中國香港人」，就像共產鐵幕內的老廣州人一樣：「相信政府！」縱使他們最近在受到外國勢力煽動的「白紙革命」當中，喊著了反動、犯皇上聖顏的口號了。雖然，筆者並不知道像日本江戶時代德川幕府封關鎖國的中國大陸，是可以如何受到「外國勢力煽動」，並且，互聯網早已興建了萬里長城將四夷的入侵拒諸關外。

前捷克總統哈維爾曾經在《無權力者的權力》（The Power of the Powerless）一書提及，在鐵幕時期看見一個菜檔掛起了「全世界無產者聯合起來！」的標語，縱使老闆坦言自己其實不明所以，但因為如果自己不掛的話，便會被警察當局招呼，惹來麻煩。**這說明了一個事實，在政治光譜上屬於左派的共產黨熱愛將政府影響力無孔不入地伸向各個「社會面」，並將私人影響力「清零」，因為私人空間阻礙了政府掌控社會上的所有權力。**這就似當年法國大革命後坐在法國國民議會（Assemblée Nationale）左面的議員一樣，他們熱衷於摧毀所有舊秩序，並以他們所定義的「正義」、「正確」、「公義」、「平等」來建立新的革命秩序，而在革命分子羅伯斯比爾（Maximilien Robespierre，1758-1794）的雅各賓革命秩序

底下，將前國王路易十六（Louis XVI，1754-1793年，1774-1792年在位）、法國貴族、君主立憲派、異見者等等將近兩萬人屠殺之。

在共產世界中，政權亦會壟斷對「正確」的話語權，可以見於中華人民共和國政府制訂《關於正確使用涉台宣傳用語》，規範媒體對於牽涉台灣問題的「正確字眼」，如不可稱「台灣總統」，要稱為「中國台灣地區領導人」、不可稱「台灣立法院」，要稱「台灣地區民意代表機構」。當然，這些都是偉大、光明、正確的；而作為「中國人民老朋友」的朝鮮民主主義人民共和國亦制訂了國民可以「依法」擁有的髮型樣式，以避免人民因仰慕「最光榮的金將軍」的英姿而犯金家皇族的型諱。雖然共產國家通常會將自己的國號冠以「人民」、「民主主義」，以顯示自己政權在近代政治哲學發展下的恰當性，當正如政治學者沈旭暉所言，這些政權實際上與其金玉其外、無所不有的偉大政治理論成為荒謬的政治哲學悖論，而那些政治理論也可以跟隨著他們的實際需要而改變。

作為「左膠」出產地的美利堅合眾國，最近出產了人類思想的特洛伊木馬，意圖以他們所定義下的「正確」來改變正常人的用語及其思考方式。事情是起源於，由極左學術分子當權的美國名牌大學史丹福大學（Stanford University），最近發佈了〈關於清除有害語言之倡議〉（Elimination of Harmful Language Initiative）。彷彿，這群如英國作家佐治・奧威爾所說的「純粹消極性生物」（Purely Negative Creatures）關心這些

無聊的字眼修正，多於關心那些正受俄國暴君普京（Vladimir Putin）的鐵蹄所蹂躪的烏克蘭自由人民，當然他們會認為烏克蘭抵抗俄軍入侵是造成衝突的原因，就像香港「黑暴」前的香港民主派「驚激嬲共產黨」一樣，倒果為因，顛倒是非黑白。當然，他們在其強盜邏輯底下，亦會將英國戰時首相邱吉爾視之為如希特拉般十惡不赦的戰爭罪犯，又視美國前總統杜魯門（Harry S. Truman，1884-1972）向日本投下原子彈的決定為可怕的戰爭罪行。

這份所謂要清除「有害語言」的倡議，就像那些共產國家的政府一樣，試圖建立由種族平等、女權主義、性別平等、動物權益、環保議題所定義對於「正確」的話語權。文件內容舉隅如下：

1. 不能稱美國人為「美國人」（American），而要稱為「美利堅合眾國公民」（US Citizens），因為認為「美國人」是邪惡美帝對於「美國」（America）一字的壟斷與自大，並且歧視中美洲（Central America）、南美洲（South America）的美洲人。

2. 不能使用「無預約地進入」（Walk-in）一詞，因為 Walk 一字是歧視殘疾人士；

3. 不能用「一石二鳥」（Kill two birds with one stone）此短語，因為這是合理化人們殘忍殺害動物；

4. 不能使用作戰室（War room）一詞，因為這是鼓吹人發動戰爭的侵犯式語言。而是應該用情境室（Situation room）。

5. 不能使用「勇氣」（Brave）一詞，因為這會形成對天生弱者的價值定型（Stereotypes）及歧視；

6. 不能使用「瘋狂」（Crazy）、「失去理智」（Insane）一詞，因為這是歧視精神病患者。並且不能使用「精神病人」（Mentally ill）一詞，應該使用「擁有精神健康關注的人」（Persona living with a mental health condition）。

7. 不能使用「妓女」（Prostitute）一詞，因為這是歧視擁有「自由意志」而選擇從事性工作的女性，而應要使用「從事性工作的人」（Person who engages in sex work）。

8. 不能使用「紳士」（Gentlemen）一詞，因為這是父權社會的語言，並不包括社會上的所有人。但同時間，他們並沒有禁止「女士」（Ladies）一詞。

當然，這些喜歡「黑命貴」（Black Lives Matter）和反對「眾生平等」（All Lives Matter）的政治小丑，在一聽見種族（Races）相關和「黑」（Black）這個字眼時，就少不免反白眼地道德高潮一番：

1. 不能用「東方」（Oriental）一詞，因為這會代表視亞洲人為「他者」（Others），是象徵著排外的種族歧視用語;

2. 他們對於所有直接有「黑」（Black）、「白」兩字的詞語更是暴跳如雷。「黑帽」（Black hat）、「黑點」（Black mark）、「黑箱」（Black box）、「黑名單」（Blacklist）都將負面歧視指向黑人，因此是種族歧視用語。

3. 相反，「白皮書」（White paper）、「白名單」（Whitelist）都象徵著正面意義，連結白人的膚色的話，那麼這些都是白人優越主義的用語。

　　這些西方左派瘋狂而失去理智的行為，實在令人髮指，**因為他們的道德潔癖在本質上，將社會上許多人定性為「制度下的受害者」，並透過公權力令他們變成「受保護的族群」，就像將這些群體變成了野生動物園中那些瀕危物種一樣，貶低了他們本身作為人所擁有的尊貴性質。建立這種「逆向歧視」制度的結果，只會令他們口中的「弱勢社群」變得更沮喪和軟弱**，根本未有試圖協助他們建立自信以自食其力。更重要的是，左派企圖建立何謂「正確」、「真理」的行為，令筆者想起了佐治‧奧威爾所寫著名的反烏托邦小說《一九八四》。小說中主角溫斯頓（Winston）所面對的正是政府公權力完全膨脹，並完全掌握所有私人領域的社會狀況。主角於真理部工作，真理部就是政府決定何謂「真理」的地

方，但與「真理」本質相悖的是，真理部會根據政權的現實需要來改寫報紙、文獻和著作，偽造和改寫「真理」的定義。

而美國語言學家班哲文‧和夫（Benjamin Lee Whorf，1897-1941）曾經指出：「截然不同語言的使用者，會受到各自語言、語法的引導，而對外界事物有不同的觀察，對看似相同的事物賦予不同的評價，因此，他們所看到的世界就稍有不同了。」自原始社會一直發展、繼承而來的各個語言，都擁有其對於這個世界、各種知識的認識，這種認識是基於可觀察的客觀事實，反映該族群的思維方式，更準確來說是族群對於事情的判斷模式、安身立命之道、生活品味與習慣，而這些客觀的事實將導向「真理」本身。因此，「真理」的定義，理應是建基於可被觀察的事實。現時，史丹福大學一如古代中國帝皇般君臨天下，頒布《御製欽定英文鑑》的做法，正是他們在這個時代的知識上所進行的勾當一樣，目的在於要在對已經被人類判死的上帝的屍體上，加以鞭屍，並扭曲真理，以建立其自身的社會政治權力至千秋萬世。

當然，左派現時走向一個完全失控，甚或是走火入魔的狀態，原因在於在尼采提出「上帝已死」（God is dead）後，出現了一個如法國社會學家涂爾幹（Émile Durkheim，1858-1917）所形容的思想「失範」（L'anomie）的狀態，人類破壞了舊秩序與傳統以後，卻未能找到一個能夠完美地回應人類存在危機（Existential Crisis）的價值，在這種高不成、低不就的思想「失範」狀態底下，人們和社會在行走期間便變得漫無目

的，並且極度徬徨不安。現今引用尼采的言論並歡呼「上帝已死」的人，恐怕是對原文的斷章取義。其《快樂的科學》（Die fröhliche Wissenschaft）當中關於「上帝已死」的原文如下：

> 瘋子躍入他們之中，瞪了兩眼，死死盯著他們看，嚷道：
> 「上帝哪裡去了？讓我告訴你們吧！是我們把他殺了！
> 是你們和我一起所殺的！我們全部人都是凶手！……上
> 帝死了，永遠都死了！是我們把他殺死的！我們，最殘
> 忍的凶手，應何以自我安慰呢？」

雖然尼采在晚年精神失常，但是若我們細心閱讀這段文字的話，就會細思極恐。人類將上帝殺死以後，並當上所有事情的法官以後，便象徵著那些永恆不變的價值，亦一同因為「上帝已死」而像繁星般墜落地獄。這正如美國哲學家艾倫‧布朗（Allan Bloom，1930-1992）於《走向封閉的美國精神》（The Closing of the American Mind）一書上所觀察的一樣：

> 尼采在宣稱「上帝已死」時，並非以勝利者的姿態，或是
> 早期無神論者的語調來說：「暴君已經被推翻了，人類
> 現在自由了！」相反，他如此說的同時是帶著強烈痛苦，
> 因為人類最強烈和微妙的虔誠信仰失去了恰當的位置與
> 地位。人們熱愛上帝，需要上帝，卻失去了他的聖父與
> 救世主彌賽亞，而且再無任何恢復的可能。人們從馬克
> 思那裡所獲得的解快的喜悅，最終令人們活於不被保護
> 而朝不保夕的恐懼之中。

西方的極左思潮某程度是「上帝已死」的副產品，人類經歷過人文主義、科學主義、存在主義等的洗禮，似乎再無任何可以賴而維生的信仰。尤其是經歷了於美國或烏克蘭製造，卻於中國武漢起源的新冠肺炎病毒疫情後，那些自稱專業的科學家與政府、大藥廠狼狽為奸，形成「深層政府」（Deep State）的局面，令人發現「科學」在本質上亦是一種信仰，美國抗疫戰犯福奇更聲稱：「所以批評（編按：抗疫政策）很容易，但他們實際上是在批評科學，因為我本身就代表了科學。」自大和自戀的程度甚或是比起他們印象中的傳統宗教信仰更加失去理智，因為前者可以因應政治需要而改變自身的論述，與後者則根據上帝的話語而「是其是、非其非」的批判傳統大相徑庭。

　　因此，那些左派分子在缺乏任何可以安身立命的意識形態底下，選擇了女權主義、性別平等、環保主義、動物保護、種族平等作為他們的信仰。追求社會公義固然是追求「天下為公」理想的重要過程，但是在現實上，他們就像一句流行笑話：「手術很成功，但病人死了。」為了達成政治目標而不擇手段，過程便摧毀了一切舊有秩序，這是現代人思想失範的現象。他們更將他們的黑手伸進其他保護傳統、保持獨立思考的人身上，就像史丹福大學頒布的所謂《關於消除有害語言之倡議》一樣，企圖透過改變人的語言表達方式，來使人轉化成為與他們一式一樣的思想。這篇所謂「倡議」，猶如中共領袖毛澤東發表〈炮打司令部〉從上而下掀起中國的文化大革命一樣，要清除一切反對共產黨、反對「偉大、光

明、正確」的人，要人認清共產主義（更準確來說是馬列毛主義）為「真正正確」的真理和信仰。

西方左派與偉大毛主席是大同小異的，「大同」在於他們在政治光譜上同屬於左派。「小異」在於西方左派是從下而上，先在私人領域上向著象徵平衡各方利益的政府開戰，並挾持著虛幻的道德原則，去情緒勒索曾反思己過的保守主義者，再用道德光環去謀殺所有反對派、保守派的人格，並將異見者非人化，並在他們要消滅「不平等」的過程中，消滅這些不合己意的階級敵人。因此，那麼他們口中所爭取的「平等」、「人權」、「反對標籤」也不必延伸至那些已非作為「人」的異己。那些反對左派極權、保護傳統的保守主義者，猶如在共產國家生活一樣，則被標籤以「反動派」並被「社會性死亡」，或如俄國末代沙皇尼古拉二世（Nicholas II，1868-1918 年，1894-1917 年在位）及其家人一樣，在未明所以的情況底下便被殘忍的布爾什維克人（Bolsheviks）槍殺。

西方左派的崛起，證明了上世紀蘇聯崩潰並不象徵著極權主義的消退，法蘭西斯・福山（Francis Fukuyama）所說的「歷史終結論」（The End of History）亦是一個偽命題，因為現時的極權以另外一種土壤和養分存活下來，民主制度也因而被極左分子騎劫而腐敗，新的極權制度將會興起，人類將會如歷史上的先輩般，要繼續為捍衛文明、自由、尊嚴而戰。

2022 年 12 月 31 日，除夕夜。

維城物語 The Tales of Victoria City: Its Aesthetics and Nostalgias

輯二　偉光正的史丹福大學

維城物語

The Tales of Victoria City: Its Aesthetics and Nostalgias

中國的最後警告

猶記得前美國總統特朗普 (Donald Trump) 簽訂《香港人權與民主法案》 (Hong Kong Human Rights and Democracy Act) 時，美國眾議院議長佩洛西 (Nancy Pelosi) 隨即被連登仔捧為「契媽」，因為她在推動在國會通過這個議案一直都不遺餘力，並指美國民主黨和共和黨將會一直支持正爭取自由民主的香港人。**當然，這都是外國勢力「賊心不死」（據「慶豐」朝廷港澳辦主任用詞）想搞亂香港「大好形勢」、「良治善政」、「由治及興」的局面，作為愛國小粉紅的筆者當然表示「強烈不滿」、「堅決反對」。** 最近，佩洛西力排美國國內外的眾議，將「渴睡的祖」 (Sleepy Joe)、基辛格 (Henry Kissinger，1923-2023) 等來自張伯倫 (Arthur Neville Chamberlain，1869-1940) 式投降派的反對聲音束之高閣，堅持出訪作為民主陣營一員的台灣。

中國儒家先哲孔子曾曰：「幼而不孫弟，長而無述焉，老而不死是為賊。」這句説話經常被後人斷章取義，事實上此話是指一個人年輕時無所作為，年老時又不會教育後人，這人只會是一個「老賊」而已。用學術層面來説，基辛格是一個沒有意識形態的現實主義者，歷史教科書經常説起基辛格在當年美中建交一事上應記一功，因為當時美國要「聯華制蘇」，像列根總統 (Ronald Reagan，1911-2004 年，1981-1989 年在任) 所説般，美國要推倒蘇聯這個共產主義的邪惡帝國。但似乎基辛格視「親華」這個政治立場為個人政治生涯的資本，背後所持的超現實主義 (Surrealism) 在外交、政治事務上，

只會考慮經濟利益這些「現實」的利益，並沒有任何支撐其價值觀的根本，簡而言之就是按利益多少而看風使舵。如果基辛格「聯華制蘇」的政策是出於蘇聯的意識形態惡劣，那麼這個現實主義老賊主張與台灣的中華民國政府斷交，改與大陸的中華人民共和國政府建交，就是製造另外一隻當時怪獸來反噬自由世界。

也許有人會如前公民黨黨魁般天真：「你點知中共會衰到咁？」基辛格以及尼克遜總統 (Richard Nixon，1913-1994 年，1969-1974 年在任) 訪華的時候，正值中共領袖毛澤東暢遊長江後所搞的文化大革命。這個瘋狂的年代，立志破四舊的「紅衛兵」正火燒山東曲阜的孔子廟、東漢時所建第一座佛寺——白馬寺；搗壞他們口中「民族偉人」的墓地，諸如王羲之 (303-361)、包青天 (即包拯，999-1062)、岳飛 (1103-1142)、張居正 (1525-1582) 等等；在批評英美帝國主義於晚清時期破壞中國文化的同時，破壞圓明園遺址、新疆吐魯番千佛洞；除了馬克思 (Karl Marx，1818-1883)、列寧 (Vladimir Lenin，1870-1924)、毛澤東等人著作以外，火燒全國各地氏族的族譜，將明清版線裝古書當作廢紙垃圾等等。基辛格卻將這些中國人滅絕中國文化，甚或是當中的人倫慘劇視而不見。據說，基辛格當年秘密訪華時曾在下塌的酒店處，發現《新華社》的政治宣傳，報紙上有：「全世界人民團結起來，打敗美帝國主義及其一切走狗。」毛澤東曾以「空炮論」回應指，這些都只是放「空炮」而已，當時的基辛格對中共這些敵對行為，當然只是輕輕帶過，因為此刻個人政治名聲比起「不切實際」的意

識形態更為重要。當然，中國政府在五十一年後美國眾議院議長佩洛西訪問台灣時，依舊只是放「空炮」而已。

眾議院議長在美國政治排名上名列第三，前兩名則是美國總統以及美國副總統，亦即表示，如果總統和副總統因故未能履行職務時，眾議院議長將會是代行元首國家職務的人物，意味著眾議院議長在美國國內政治地位之高。以「堅・春・爽」為首的三隻中國外交戰狼在佩洛西出訪台灣前，除了「強烈不滿，堅決反對」以外，亦出言威嚇這位在美國國內政治地位極高的政治家：「中國人民解放軍絕不會坐視不管。」中共解放軍東部戰區在微博又聲言：「嚴陣以待，聽令而戰，埋葬一切來犯之敵，向著聯戰、勝戰前進。」《環球時報》的「老胡」又聲言解放軍將會「打飛機」，威脅將佩洛西駕機擊落。當然，在她登陸台灣之後又是另一個說法。

佩洛西在八月三日會見「中國台灣當局」的「領導人」蔡英文以及「民意代表機關」副院長蔡其昌以後，中國香港當局的三司十五局所有人員就像中國戰狼的口徑一樣，稱佩洛西是「竄訪」台灣，並對「美方政客橫蠻無理的霸凌行徑嚴重違反國際準則，同時粗暴地干涉中國內政」的行為，表達「強烈不滿，堅決反對」，與中國當局口徑一致。看來，香港政府的官員除了認真學習「習近平對港講話精神」以後，也應好好學習《怎樣打飛機》的精神，並且像北韓政府人員學習金將軍思想時一樣，要埋頭「抄筆記」，並且將其「道成肉身」。而且，如果佩洛西訪台是「侵害中國主權及領土完整」以及「勾

結台獨分裂分子」的行為是無庸置疑的，現時的情況就像一個窯姐一樣，高呼「官人不好」、「我對你侵犯我身體主權表達強烈不滿」，然後卻依舊放任恩客對其為所欲為，因為終究也是 Cosplay 而已，「口裡說不，身體卻很誠實」。當然，筆者是完全支持國家為維護國家主權而所做的一切行動，支持「能打勝仗」的人民子弟兵「亮劍」！

據中國政府以及「中國香港當局」的表述，歐美外部勢力在「干預中國內政」上是「賊心不死」，並且將會繼續在世界以及香港上興風作浪。筆者作為愛國小粉紅實在是相當失望，因為原本是希望偉大祖國能夠驅逐所有美國駐華外交官員、所有美國商人、所有賊心不死的「番鬼」（Fankwae）的，並在這位八十多歲的「賊婆娘」佩洛西登陸台灣前「打炮」，將其擊落，因為正所謂「少女唔鋤愛阿婆」。網絡上的「各位網友」亦正在高唱黎明一曲：「今夜你會不會來？」豈料胡總竟與趙立堅一樣只是「拭目以待」，拭亮眼睛以後等待她到達台灣，然後就一事無為，拭目拭到眼睛都盲掉了。**這又不禁讓人想起「中國的最後警告」（Последнее китайское предупреждение）的這句俄國諺語，嘲弄中國無數次的「最後嚴重警告」，而俄國國營新聞社《今日俄羅斯（Россия Сегодня）》的女記者又稱，這句說話在今天依然與詞典上的解釋一樣。**

雖然俄羅斯總統普京現在將成為遺臭萬年的戰爭販子與暴君，但起碼他相信「寧為耀目流星，迸發萬丈光芒。不羨

永恆星體，悠悠沉睡古今。」這句說話，並且言出必行，就算俄羅斯將會被全世界包圍、烏克蘭在戰火中被完全摧毀，摧毀所到之處的俄軍將會繼續入侵烏克蘭到底，以得到這片最後會被戰爭摧殘而一片狼藉的廢土。反之，中國無數次的「最後警告」卻正如該俄國女記者所說，與俄國詞典的解釋完全一致。這是令人感到遺憾的，因為邪惡美帝竟然在世上橫行無阻，他們卻只能以超音速的嘴炮來回應，大概會像托也哥一樣馳名東西華洋。

正如上說，筆者作為一名小粉紅是失望的，因為曾期待「賊婆娘」佩洛西會在我國政府的「最後警告」下，會像某教會的法政牧師所代表的客人佳佳般「冇心情，唔去住」；又或是在她抵達台灣之時，出動自烏克蘭拖回來的冒黑煙的爛銅爛鐵，來對付邪惡美帝派駐太平洋的第七艦隊，因為筆者堅信偉光正的黨，能夠像上世紀般以小米加步槍在中國大陸以及韓半島，戰勝腐敗的中國國民黨和在其背後撐腰的美帝；又或在蔡英文會見佩洛西之時，掏出劍來「亮劍台灣」，但可惜依舊像《怎樣打飛機》這本中國式浪漫主義小說的劇情一樣。最後在佩洛西離開台灣之後，才姍姍來遲搞個軍事演習，不知會否像俄羅斯的軍事行動般一樣「特別」。

美國的星條旗依然在太平洋飄揚，在共產主義黑夜籠罩世界的陰霾之中，作為大海燈塔，引領那些反抗暴政的人民投奔自由。而台灣這艘「不沉航母」作為自由世界的前沿，在香港的屍體上高舉自由、平等、博愛的旗幟，一手執著保守

自由主義的聖經，一手高舉著捍衛自由的火槍，在竹幕的門口守衛著，防止那張牙舞爪的紙老虎從幕後跑了出來。縱使紙老虎終究是紙老虎，但其一時的口甜舌滑能夠蠱毒人心，其一時的詛咒恐嚇就像北韓金將軍般瘋狂無度。台灣這位號稱「親愛精誠」的孤獨衛兵，不知能否在風高浪急之時堅持著他們信奉自由的信念呢？

2022 年 8 月 3 日，寫於美國眾議院議長佩洛西離台赴韓之際。

維城物語

The Tales of Victoria City: Its Aesthetics and Nostalgias

南朝遺夢

在先秦的戰國時代（前 475- 前 221 年），燕國（前 11 世紀至前 222 年）樂毅將軍（前 300- 前 260 年）乘齊國（前 11 世紀 - 前 221 年）內亂，而率領五國聯軍攻齊。齊國國都臨淄以及七十餘城均被燕軍所攻破，只剩莒城及即墨兩座最後固守的孤城。楚國將軍淖齒（？- 前 283 年）以援軍為名至莒城，卻又在此時乘機殺死齊湣王（田地，前 323- 前 284 年，前 300-前 284 年），雖然莒地齊人殺淖齒而立其子田法章為齊襄王（？- 前 265 年，前 283- 前 265 年在位）。齊國卻於此時外有五國圍攻，內因新君登位而政局不穩，亡國在即。然而，所謂「念念不忘，必有迴響」，齊將田單卻念茲在茲，在天崩地裂之際依然不願放棄光復國土的事業，故利用反間計令燕國陣前易帥，大帥樂毅被迫出逃趙國；以上帝神師助齊之言，振奮兩城軍民軍心；先以詐降令燕軍輕敵，後以五千將士率火牛陣大破敵軍，繼而乘勝追擊，光復齊國上下七十二城。後來此典故便演變為成語「毋忘在莒」，因內戰失利而退守台灣的蔣介石（1887-1975），就將此成語刻在福建金門的太武山上，勉勵台澎金馬的國軍軍民時刻備戰，隨時起兵光復故國山河。故此，歷史上各個「南朝」象徵著一種回首故國山河與雕欄玉砌，並為此奮鬥的鄉愁與勇氣。

在中國歷史上，不時會出現兩朝對立的情況出現，如南北朝時代（420-589）、兩宋時期（960-1279）、明清鼎革時期，以及現今被稱為「台灣問題」的兩岸對峙時期（1949-）當然，對於最後者而言，在現今香港只看到時局好處的「由治

及興」時代而言，海峽兩岸當然「同屬一個中國」。當然，台灣與大陸對於「中國」一字往往會有不同理解，因為這除了涉及歷史問題以外，亦牽涉及傳統中國的正統論問題。北宋（960-1127）大儒歐陽修（1007-1072）在其〈正統論〉曾云：「《傳》曰：『君子大居正』，又曰『王者大一統』。正者，所以正天下之不正也；統者，所以合天下之不一也。由不正與不一，然後正統之論者。」正統論之說在於論證一個政權是否合乎儒家文化的倫理觀、華夷觀。這些「南朝」往往正處於歷史艱難時期，但是若能察覺到那些歷史人物其實與現在的我們一樣，亦有人本有的七情六慾與日常的喜怒哀樂，他們在各種掙扎之中又如何作抉擇呢？

不少偏安江左的南朝，均認為自己是繼承了自昊天上帝，及至堯、舜、禹、湯、文、武、周公、孔子、孟子以來一直傳下來的「天道」；而且，所謂「中國有禮儀之大，故稱夏；有服章之美，謂之華」，堅守華夏，嚴拒夷狄，是中國正統政權的責任。因此，抵抗遼（916-1125）、金（1115-1234）、蒙古（1206-1368）等外族政權的入侵，是證明兩宋為以程朱理學為本的中華正統之理由；抵抗殘酷執行「剃髮易服」的滿清政權，是證明南明政權作為華夏正宗的最好理據；抵抗蘇俄馬列主義赤化中國，是證明中華民國正統的理論根據。當然，對外族政權來說，這些都是反動派威脅國家安全的行為，但對於正頑抗外敵的南朝來說，他們正進行「精忠貫日月，勁節勵冰霜」的偉大行動，正如西楚霸王項羽「力拔山兮氣蓋世」般豪氣萬千，但「時不利兮騅不逝」則為這份

豪氣增添兩份悲壯。

雖然不知為何在東亞歷史上，南朝在政治及軍事實力上往往不敵於北朝。日本後嵯峨天皇（邦仁，1220-1272 年，1242-1246 年在位）因為私心寵愛私子，而將原本作為長子繼位的後深草天皇（久仁，1243-1304 年，1246-1259 年在位）迫退，立幼子龜山天皇（恆仁，1249-1305 年，1259-1274 年在位）為皇，前者成為大覺寺統，後者成為持明院統，導致皇位繼承出現問題。後來，屬於大覺寺統而主張「倒幕」，並集權於天皇處的後醍醐天皇（尊治，1288-1339 年，1318-1339 年在位），由於被將軍足利尊氏（1305-1358 年，1338-1358 年在任室町幕府征夷大將軍）反叛，在被幽禁於京都花山院不久後，便帶著象徵天皇權威的三法器（即八咫鏡、八尺瓊勾玉、草薙劍），出逃至位於今天奈良縣的吉野另立朝廷。後來，由於南朝因接連失去重要宗室成員、得力大將而威勢日下，故南朝最後一任天皇後龜山天皇（熙成，1350-1424 年，1383-1392 年在位）決定向北朝交出三法器，換取北朝對其的人身安全保證及優厚待遇，日本雖因此復歸一統，然而南北正統爭議依然延續近八百年至明治末年。日本南北朝 (1337-1392) 的復合是少見不血的歷史現象，而中國的南北朝對立卻往往以流血收場，原因在於中國的南北對立更多是種族、文化對立。中國南朝對抗北朝入侵時，往往出現許多令後世感動萬分的文人、武將，其事跡與詩文亦留了一絲清白在人間。

三代時期，已有商朝（前 17 世紀 - 前 11 世紀）遺民伯夷、

叔齊因不願臣服新朝，而「義不食周粟」，後餓食於首陽山之義舉，後來唐代士人韓愈更撰〈伯夷頌〉曰：「士之特立獨行，適於義而已。不顧人之是非，皆豪傑之士，信道篤而自知明者也。」這事為後世史家、士大夫引為美談（雖然只有少數人有此氣節）。時人常言「宋亡之後無中國」，宋代的儒學發展、反抗外族入侵，令大宋皇朝被視為中華正統至正之時代。雖然最近中國大陸有件令人貽笑大方的事，有一位小粉紅看完電影《滿江紅》後，便以金人為中華之敵，但後來卻發現自己有滿洲血統（即金人後裔）。然而在南宋時期，縱有「直把杭州當汴州」的情況，但無論士人抑或軍士，其愛國情操之高尚實在令人折服。名將岳飛、韓世忠（1089-1151）等人在北伐之時，曾收復襄陽、信陽、伊陽、洛陽、鄭州、建州等地，更曾離故國首都只有四十五里。其壯志豪情正如其詞〈滿江紅〉：「壯志飢餐胡虜肉，笑談渴飲匈奴血。待從頭，收拾舊山河，朝天闕！」南宋在主戰派和主和派的內訌不斷下，亦開始出現江河日下的情況。

而在宋室南渡廣東地區的國破家亡之際，不少大宋朝臣和將士依然選擇效忠於趙氏皇朝，如陸秀夫（1238-1279）曾曰：「度宗皇帝一子尚在，將焉置之？古人有一旅一城中興者，今百官有司皆具，士卒數萬，天若未欲絕宋，此豈不可以為國耶？」就像田齊復國史跡一樣，即便如今如剩下一兵一卒，亦不願在此艱難時刻放棄。而南宋兩少主逃難香港時，曾在此留下許多宋朝遺跡，例如現今香港九龍城侯王廟供奉的楊亮節（1243-1324），正是宋端宗（趙昰，1269-1278 年，

1276-1278 年在位）的舅父；沙田車公廟所供奉的車公，亦是
當時宋帝的一名貼身將士；部份不願回到中原地區臣服於蒙
古鐵蹄的宋軍將士，選擇在當時被視為南蠻地區的邊境落土
生根，成為九龍城二王殿村的起始。後來，陸秀夫繼續帶著
少主趙昺（宋少帝，1272-1279 年，1278-1279 年在位）逃往崖山
（即今廣東新會）時，元軍將領張弘範（1238-1280）率兩萬精
兵擊敗南宋水師後，陸秀夫見無路可逃，便與君上趙昺說：
「國事至此，陛下當為國死。德祐皇帝辱已甚，陛下不可再
辱。」隨即與皇帝一同跳海殉國，以最悲壯的結局終結了宋
朝數百年歷史。

而明朝作為漢人推翻蒙古政權的皇朝，被認為「得國至
正」的朝代，這正如明初開國文臣宋濂（1310-1381）所撰的《大
明日曆》曾言：

> 然（筆按：明太祖朱元璋）挺生於南服，而致一統華夷之
> 盛，自天開地闢以來，惟皇上為然，其功高萬古，一也；
> 元季繹騷，奮起於民間以圖自全，初無黃屋左纛之念，
> 繼憫生民塗炭，始取土地群雄之手而安輯之，較之於古
> 如漢高帝（筆按：漢高祖劉邦），其得國之正，二也。

故此，在明初正統論論述下，明代中國逐漸發展出漢土、
漢人、漢文化三位一體的文化民族主義，亦即學界所稱的「儒
家領土主義」。故此，在漢地以外生活的少數民族就被認為
是落後、未開化的蠻夷，這包括了後來崛起的女真人的後金

政權。滿洲八旗軍以「七大恨」起兵反明，並因吳三桂（1612-1678）迎接清兵入關以後，漢人所本持的民族主義思想便成為抗清的思想來源，許多效忠明朝的將領、士人均因參與抗清事業而死。縱使是被時人看低的秦淮遊女亦有忠君愛國之情，如柳如是在南京城被清軍攻破之時，曾經欲跳井自殺，以保存其忠君倫理下的氣節，但卻被夫君錢謙益（1582-1664）拉住；與曾投降清朝但又復歸反清的錢謙益，傾盡家產資助反清義軍，又參與了南明大將張煌言、鄭成功（1624-1662）等人反攻長江三角洲的軍事行動，促使後來史學大家陳寅恪為其寫下《柳如是別傳》。可見，即使是秦淮舊夢中的依人，一如後來《金陵十三釵》中釣魚巷的遊女一樣，證明了「商女不知亡國恨」不是歷史的全貌。

世人只知反清復明事業有鄭成功一人，而不知最後一員為南明兵部尚書張煌言大人。筆者於杭州遊歷西湖三傑之陵墓時，宋代岳飛、明代于謙（1398-1457）兩墓多有遊人駐足，並於共產黨敘事系統下緬懷那些「南朝遺夢」。但是，張煌言作為少數對清廷不投降、不妥協、不談判的南明大將，其鄰近太子灣公園的陵墓、舊居卻是「直是少人行」，與旁邊的花卉展覽形成強烈對面。張煌言為崇禎十五年（1642）舉人，於弘光元年（1645，清順治二年）加入魯王（朱以海，1618-1662，1645-1653 年任南明監國之位）的浙東政權，在魯王自除「監國」之位後，才肯轉投永曆帝（朱由榔，1623-1662，1646-1662 年在位南明皇帝）旗下繼續反清大業，並與鄭成功、張名振（？-1654）等大將於永曆八年（1654，清順治十一年）

大舉光復江南地區，《海東逸史》有載：

> 名振請師北上。成功與兵二萬、糧三月，以兵部侍郎張煌
> 言監其軍。師過舟山，遙祭死事諸公；遂入長江，趨丹陽，
> 掠丹徒，登金山，望石頭城，遙祭孝陵，三軍慟哭失聲。
> 題詩絕壁，有「十年橫海一孤臣」之句。

南明大軍在國家天崩地裂之際，竟仍可深入故國南都金陵城外，遙祭明孝陵以慰大明太祖高皇帝在天之靈，此舉就令「南都震恐」。但是，卻「上游人待接應者愆期不至，諸軍不敢深入」，只能因而撤退，等待更好時機來光復南都。後來，永曆十三年 (1659，清順治十六年) 是反清復國事業最具希望之一年，南明軍隊氣勢如虹，大舉進攻江南地區，以希望以此地作為光復全國的「復興基地」。當年張煌言與鄭成功會師再度北伐，一度光復四府、三州、二十四縣，張氏遺著《北征紀略》有言：

> 七日，抵蕪城。傳檄諸郡邑，江之南北相率來歸；郡則太
> 平、寧國、池州、徽州，縣則當塗、蕪湖、繁昌、宣城、
> 寧國、南寧、南陵、太平、旌德、貴池、銅陵、東流、建
> 德、青陽、石埭、涇縣、虹縣、巢縣、含山、舒城、盧江，
> 高淳、溧陽、溧水、建平，州則廣德、無為以及和陽。或
> 招降、或攻克，凡得府四、州三、縣二十四焉。先是，余
> 之按蕪也，兵不滿千、船不滿百；惟以先聲相號召、大義
> 為感孚，騰書搢紳、馳檄守令。所過地方，秋毫不犯；有
> 游兵闌人剽掠者，余禽擒治如法，以故遠邇壺漿恐後。即

江、楚、魯、浙豪雄，多詣軍門受約束，請歸襠旗相應。
余相度形勢，一軍出溧陽，以窺廣德；一軍屯池州，以扼
上流；一軍據和陽，以固採石；一軍入寧國，以偪新安。

可見反清聲勢一時大好，不用南望王師又一年，光復中
華的偉業似乎已在眼前。然而，此正是歷史玩弄世人的時機，
鄭成功此時卻中了清軍緩兵之計而在南京城外敗戰，遂從長
江撤軍，張煌言有見孤立無援就撤退至浙東，期間更多次被
清軍圍攻，張氏轉折近二千多里後成功轉往台灣明鄭政權處。
清廷曾多次派員勸張氏投誠，但張煌言堅決不改其志，曾以
〈復偽總督郎廷佐書〉答覆大清兩江總督郎廷佐（？-1676）招
降時，曾言：「夫揣摩利鈍，指畫興衰，庸夫聽之，或為變
色。而貞士則不然，所爭者天經地義，所圖者國恤家仇，所
期待者豪傑事功，聖賢學問。故每甘雪自甘，膽薪彌厲，而
卒以成事。自古以來，何可勝計？」他批評清廷「天命更革」
來勸降是混淆視聽，堅持反抗是爭取古今的「天經地義」。

然而，在清廷慢慢改善經濟並推行「尊孔崇儒」政策而
廣泛獲漢人支持後，正是南明抗清事業大遭挫敗之時。即使
張煌言知道清軍已攻陷永曆帝所位處的滇中地區，永曆帝亦
逃至緬甸，他仍希望君上可以「親統六軍，出臨滇蜀」。但
最不幸者為翌年便傳來了一消息，永曆帝被緬甸國內兵變奪
位的國王莽白發動咒水之難，永曆帝的南明近衛軍被緬方殺
盡，皇上本人亦被執送至大清國的雲南被吳三桂處死，同年
鄭成功又卒於台灣。張煌言在此天崩地裂之際，依然抱著僅

餘的盼望，不願放棄，希望重新擁立魯王來號召反清復明事業，但又不幸的是，魯王又因痰卡在喉嚨而窒息死亡。至此，朱明的皇室血統完全斷絕，張煌言所相信的「一家一姓」之忠孝責任完全崩潰。張氏自明崇禎殉國後抗清十八年，終感心灰意冷而決定歸隱浙東田園，作一閒人。

後來，清廷派人逮捕張煌言至寧波，清廷初時待之如上賓，並嘗試勸其歸降，但煌言回道：「父死不能葬，國亡不能救，死有餘罪。今日之事，速死而已。」又賦詩兩首以表心跡，曰：「衣冠獨帶雲霞色，旌旆長懸日月痕。贏得孤臣同碩果，也留正氣在乾坤。」這句「也留正氣在乾坤」就似于謙那句「要留清白在人間」一樣，充滿著孤臣無力回天卻堅持己志的豪氣。據說，張煌言從寧波被押解至杭州赴死時，有數千百姓依依相送，而他準備受刑前，依然大義凜然，面無懼色，抬頭遠眺杭州山明水秀的景色時，坦然感慨吟道：「好山色！」隨後，劊子手一刀揮下，張煌言就壯烈結束了其悲壯之一生。正如其〈放歌〉所言：「余之浩氣兮，化為風霆；余之精魂兮，變為日星。」張氏的忠孝精神實在令人敬佩。有明遺民以「為萬世植綱常」為繼續生存的理由，或有人批評他們是苟活於世，然而若沒有這些遺民，就難以在清初高壓環境中保存了這些英雄義士的事跡。

至於在近代中國的國共內戰（台灣稱為「戡亂戰爭」，大陸稱「解放戰爭」），當中亦有許多為堅持國家民族大義而堅持作戰到底的國軍軍民。例如出身於黃埔軍校第四期的張

靈甫（1903-1947），曾經參與北伐戰爭、中原大戰、剿共戰爭、抗日戰爭，張氏更曾親率國民革命軍第七十四軍官兵進攻張古山，消滅當地日軍，為後來萬家嶺大捷奠下良機，他作為黃埔系將領而備受蔣介石重用。但是，在抗戰後中共全面發起內戰時，張靈甫帶領這支被稱為「王牌模範師」的第七十四師，在山東省蒙陰縣附近的孟良崮處，遭到中共陳毅（1901-1972）、栗裕（1907-1984）所率領的華東野戰軍所圍攻，結果力戰而死。據說，張靈甫因見突圍無望，故在「手斃匪徒後，以其最後之一彈，慷慨成仁」。在張氏殉國之前，他曾寫下遺書一封：

> 十餘萬之匪向我猛撲，今日戰況更趨惡化，彈盡援絕，水糧俱無。我與仁傑決戰至最後一彈，飲訣成仁，上報國家與領袖，下答人民與部屬。老父來京未見，痛極！望善待之。幼子望養育之。玉玲吾妻，今永訣矣！靈甫絕筆。五月十六日，孟良崮。

張靈甫遺書亦頗有清末革命「黃花崗七十二烈士」其中一人林覺民（1887-1911）〈與妻訣別書〉的悲情：「吾誠願與汝相守以死，第以今日時勢觀之，天災可以死，盜賊可以死，瓜分之日可以死，奸官汙吏虐民可以死，吾輩處今日之中國，無時無地不可以死。」另外，畢業於黃埔軍校工兵科第二期的邱清泉（1902-1949）少將亦為有名的反共將軍，曾寫下「汗馬黃沙百戰勛，神州多難待諸君。從來王業歸漢有，豈可江山與賊分。」的詩句，頗具「漢賊不兩立」的意味。惟因國軍於徐蚌會戰失利，邱氏反擊共軍失敗後，便決定「自殺

成仁」。在自殺之前，邱清泉要求國軍官兵前往南京集合，並指：「你不走就先槍斃你們！」邱清泉下達最後命令後，便向當年的黃埔校長蔣介石的畫像行最後敬禮，便如日本武士般舉槍向腹部開槍，但在此時尚未能死去，並命令下屬遠碩卿 (1919-1992) 營長進行「介錯」，向他補開兩槍以免卻痛苦。後來為紀念邱將軍，總統蔣介石親筆「碧血丹心」四字紀念殉國成仁的大義，台中裝甲兵基地改名為「清泉崗基地」、台中公館機場亦改名為「清泉崗機場」至今。

另外，出身於山西省崞縣，並曾與蔣介石長子蔣經國 (1910-1988) 一同前往莫斯科中山大學 (Moscow Sun Yat-sen University) 深造的趙仲容 (1905-1951)，於民國三十八年 (1949) 時身兼國軍中將、立法委員、國民黨中央常務委員三職，在當年駐守北平的華北剿匪總司令傅作義 (1895-1974) 宣佈投降共軍之後，趙氏因原本負責監視傅作義，以致無法乘機逃離北平。有人曾說，如果滯留北平的趙仲容願意投降，接受中共「思想改造」的話，政治地位應比起傅作義更高。但趙仲容卻寧死不屈，堅拒投降，故於一九五一年在北京市所謂「萬人公審大會」上，以「蔣介石匪幫殘害人民的罪魁禍首、戰犯蔣經國之得力爪牙、國民黨的忠實走狗、一貫反動反人民的美蔣特務頭子、雙手沾滿愛國學生運動鮮血的主犯，被捕後死不悔改，怙惡不悛，拒絕改造，頑固狡猾，死不坦白」的名義被定罪，並被群眾毆打重傷，最後槍決於北京永定門刑場，壯烈成仁。經過數十年後，趙氏遺族在中華民國國防部批准下，方入祠台北的國民革命忠烈祠，終於回歸到了他的

自由祖國。

中華民國政府從大陸撤退至台灣以後，便痛定思痛，反思兵敗如山倒的慘痛經歷，並勉勵軍民將台灣省建設為「復興基地」，以隨時「反攻大陸」及「光復大陸國土」。蔣介石曾希望建設台灣省為「復興基地」、「三民主義模範省」，並確立「一年準備，二年反攻，三年掃蕩，五年成功」的方針，希望可光復大陸，以「解救大陸同胞」。建校於民國十三年（1924）的陸軍軍官學校（即黃埔軍校）遷往台灣高雄鳳山後，在戒嚴時期的校門前便掛著「發揚黃埔精神，完成中興大業」的對聯，提醒著國軍要銘記「貪生怕死莫入此門，升官發財請走他路」的黃埔精神，勉勵他們在國家存亡之際能夠發揮「親愛精誠」精神，以完成他們所説的「復國大業」。在九十年代李登輝（1923-2020）上台之前，台灣依然堅持中華民國的「中國」正統，積極維持海內外的華僑事務，所以在九七年前在行政院僑務委員會的角度下，「港澳僑胞」有遷居台澎金馬生活、讀書，並取得中華民國護照的優待政策。而且，政府所印刷的中華民國全圖並非只有台澎金馬地區，而是在大陸時期的秋海棠地圖。政府編制內亦保留蒙藏委員會，而待日後「光復大陸」後重新管治內外蒙古及西藏；而在「漢賊不兩立」的原則下，國府陸軍稱「中國陸軍」，海軍稱「中國海軍」，空軍稱「中國空軍」，以示自己為「中國唯一合法政府」。當然，後來又有了大家沒有共識的「九二共識」。

中華民國政府遷往台灣初期至本土化之前，是傳統中華遺民意識最濃厚的時期。在大陸崩潰之際，依然有近二百多

萬軍民跟隨中央政府遷往台灣，而當時海內外大多數華僑心繫台澎金馬。例如逃難至香港調景嶺的國軍軍民，家家戶戶掛上「青天白日滿地紅」的中華民國國旗，並在難民營第五區山頂上刻上「中華民國萬歲」、「蔣總統萬歲」的字樣，被台灣方面稱為是「擁護自由祖國政府和景仰蔣總統偉績」的「調景嶺忠貞難胞」。當年的新聞訪問亦指他們將會如馬祖列島那句「枕戈待旦」、金門那句「毋忘在莒」一樣，隨時響應政府的號召，以「反攻大陸」。現時位於將軍澳的港澳信義會慕德中學（前稱信義中學）的創校校長張世傑（？-2011），曾為該校寫下「海外育英才樹民族千秋正氣，天涯祝國慶復中華萬里河山」的門前對聯，反映當年許多南下避秦的讀書人，依然抱有傳統中國文人「經文濟世」的理想，並在國學大師唐君毅（1909-1978）所説「中華文化花果飄零」的年代，在當時仍屬英國屬地的香港繼續肩負起「傳道，授業，解惑」的責任感，並且無論失敗多少次，都能堅持「富貴不能淫，貧賤不能移，威武不能屈」的中國人的氣節。

在共產鐵幕下，許多因將軍投降而被逼留在中國大陸的國軍將士，亦想盡一切辦法前往台澎金馬地區。曾參與「抗美援朝」的「中國人民志願軍」將士被聯合國軍俘虜後，絕大部份人都不願回到中國大陸，因為大部份「志願軍」士兵本身是國共內戰時被俘的國軍士兵。為此，有近一萬四千多人便從韓國仁川乘船前往台灣基隆，便被台灣方面稱為投奔自由的「反共義士」；一九五五年時，位於浙江外海的——江山島在共軍猛攻後失守，附近的大陳島亦因此失去地理上的天

然屏障，大陳島與台澎金馬距離較遠而無法在國軍的保護範圍內，故此中華民國政府果斷決定悉數撤退島上所有軍民共二萬八千多人。大陳人不分男女老少，均果斷收拾細軟，離開已世居數代的家鄉，乘搭軍艦前往全然陌生的台灣，這種對於未知前景的恐懼，相信許多海外香港人亦深有同感。許多大陳人在祖屋木門刻上「我們情願拋棄家庭，跟著蔣總統走」，亦有人在門上貼上封條，期待有一天在「光復大陸」後回到祖家。最後，雖然中華民國政府因失去所有浙江省領土，而於隨後裁撤「浙江省政府」，但為紀念大陳居民為國家民族的大義而不惜放棄家園的事跡，他們就被稱為「大陳義胞」。

更具悲情元素的，莫過於是泰北孤軍的故事。由作家柏楊（郭定生，1920-2008）所撰寫的小說《異域》正是描寫這批滯留在大陸的國軍士兵的事跡，後來更被改編為電影。電影海報標題曾如此說：「他們曾佔領比台灣大三倍的土地，兩次大敗緬甸國防軍，一次反攻大陸。」在大陸易幟期間，時任雲南省政府主席盧漢（1896-1974）率部叛變投共之後，西南地區有部份國軍將士不願跟隨盧漢，並繼續忠於中華民國，故在李彌（1902-1973）、余程萬（1902-1955）兩將軍帶領下撤至雲南、泰緬寮邊境處，繼續抗擊中共解放軍。由於地理位置偏僻，再加上受到緬甸國防軍、中共解放軍圍攻，這支後來被稱為「泰北孤軍」的「雲南人民反共救國軍」只能憑著對雲南故鄉的思念，而在這個完全陌生的「異域」，為著國家民族大義、思鄉情緒而繼續爭取立錐之地。雖然李彌將軍曾率軍

反攻雲南，亦光復雲南近十四個鄉、市、縣，但一如南明張煌言、鄭成功般，「不堪百折播孤臣，一望蒼茫九死身」，在共軍優勢兵力圍攻下，被迫撤至緬泰邊境，孤軍自此完全退出雲南故土。雖然後來泰國願意接收孤軍將士，但在台灣的蔣介石因國際壓力而被迫與孤軍斷絕官方關係，部份人撤退至台灣，但部份人卻依然堅持留在泰北，以等待回到雲南故鄉的一天。此後，這批被稱為「亞細亞的孤兒」的泰北孤軍為爭取生存空間，決定協助泰國政府圍剿泰國共產黨，得到泰王拉瑪九世（蒲美蓬·阿杜德，1927-2016 年，1946-2016年在位）御賜泰國公民權及居留權，孤軍軍長段希文（1911-1980）跪下領受之，這群孤苦無依的故國王師終在異國落土生根。

近年來，台灣為紀念中華民國建國以來諸英烈的忠勇事跡，在三軍儀隊禮兵並國防部示範樂隊奏送喪曲的引領下，這些堅守信念的雲南反共救國軍將士的牌位，最終入祀台北的國民革命忠烈祠，以茲永世紀念。無論從南宋抗金，抑或到南明抗清，再到現代國共分立，大至堅守國家民族大義，小至心懷故國鄉愁，這些因「義不食周粟」而客死他鄉的英雄義士，古往今來又有多少人做到呢？正如大清乾隆皇帝讚揚那些南明反清大將一樣，縱使政治立場南轅北轍，但在效忠一家一姓的信念底下，這些南朝遺臣依然「身處艱難氣若虹」，道德上是名副其實的「情操高尚」。雖然他們終未能得償所願，圓他們的「精忠報國」的夢，而那些要「光復故國山河」的豪情壯志，亦隨著歷史消逝而大江東去。但是，正

正是他們身處於艱難時代，其所迸發之萬丈光芒，才因此得以百世流芳。人面對生死時難免會有軟弱掙扎之時，但或許顧炎武所言的「遺民猶有一人存」，對現今時人有所啟發，只要仍有一個人活著，並在信念上堅持其所信、所守、所愛、所忠，便是「足留綱常於萬祀兮，垂節義於千齡」，而此生便有所為，此情亦有所寄。

2024 年 5 月 18 日，於封筆之際。

維城物語

The Tales of Victoria City: Its Aesthetics and Nostalgias

巍巍大中華

香港在國安元年 (2020) 奪舍以後，一眾在九七以前曾宣誓效忠英女皇的人紛紛決定徹底放下他們僅有的尊嚴，紛紛在政權移交二十五週年歡迎香港已經「由亂及治」、「由治及興」。在過去，他們的誓詞充滿了日不落帝國曾經的莊嚴，他們向象徵著由上帝授權的君王立誓：「本人謹此宣誓，本人定當依法竭誠向女皇伊利沙伯二世陛下，及其世襲繼承人及其他繼承人效忠，願主佑我。」在今天，他們的誓言當然是擁護中華人民共和國政府以及中華人民共和國香港特別行政區政府。但無論是英皇陛下，或是國家主席閣下，宣誓環節與許多公務員被迫簽紙的情況一樣，大家都是「發誓當食生菜」的臨時演員。但兩者分別在於，前者對於效忠二姓樂而不疲，後者則由時勢所迫而無奈為之。

在現今「由治及興」美麗新香港的教育制度下，在一夜之間取代通識教育科的「公民與社會發展科」，作為新時代學生認識當今祖國的科目，其教科書對九七前香港的歷史政治地位有如此描述：「香港不是英國殖民地，但曾接受英國的殖民統治。中國政府一直擁有香港的主權。」不少觀察家指出以上這段描述背後的政治意圖，**除了為論證香港一直是歷代中國政權的一部份，更在於指出香港人在歷史上從來沒有自主權，以往如是，將來亦如是。**這段文字曝光以後，不少身在其位的肉食者紛紛撰文附和之，諸如熱衷於捉老鼠的香港市人大代表梁女士，引用中國政府單方面起草的《基本法》，指中國是「恢復行使主權，不是收回主權，主權從來

沒有丟失。」並得到政府當局附和之。

　　民初作為新文化運動重要一員的魯迅（周樹人，1881-
1936）曾在其著《狂人日記》批評中國人的虛偽：「我翻開歷
史一查，這歷史每頁上都寫著『仁義道德』幾個字。仔細看
了半夜，才從字縫裡看出字來，滿本都寫著兩個字，是『吃
人』。」當然，幸好當時北洋政府（1912-1928）未有訂立「尋釁
滋事罪」又或「煽動顛覆政權罪」，否則魯迅定會吃下不少苦
頭。不少人會將《狂人日記》此部份內容，視為周先生批判中
國文化的迂腐封建的立場，但事實上，他所指中國人的虛偽
言辭，除了是對他人的道德勒索以外，被吃掉的更是自己的
良心。這個連溫和批評都變得難以入耳的年代，許多「小粉
紅」紛紛對他們自己對中國的愛國心誇誇其談，為此裝腔作
勢、沾沾自喜，不禁令筆者想起英國文學家山繆‧詹森（Samuel
Johnson，1709-1784）那句名言：「愛國主義是無賴最後的避難
所。」對這些人而言，愛國主義只是一個長做長有的肥缺和
生意而已，他們可真對國家、民族、國民有一種發自「推己
及人」，而超越個人利益、民胞物與的愛嗎？這相信是這個
國家的政府所不樂見之情況。

　　大英帝國於一八四一年佔領香港以後，英女皇維多利亞
（Queen Victoria，1819-1901 年，1837-1901 年在位英國君主，
1876-1901 年在位印度女皇）隨即御發《英皇制誥》（Hong Kong
Letters Patent）以及《皇室訓令》（Hong Kong Royal Instructions）
作為香港憲制文件，並闡述香港在英國體制內的憲制地位。

當中，《英皇制誥》就如此列明：

> 維多利亞，承蒙上帝恩典，大不列顛及愛爾蘭聯合王
> 國之女皇，信仰之捍衛者，尊此諭告，以上帝恩典、
> 諸種知識及單純舉動，宜於吾等之香港島及其屬地建
> 立殖民地。……上述島嶼及其屬地，現據此建立起獨
> 立之殖民地，稱為『香港殖民地』（The Colony of
> Hongkong）。

　　名副其實的「香港殖民地」因而誕生，其後《北京條約》以及《展拓界址專條》擴展了此殖民地之界址。中國固然可以單方面宣稱「香港並不是英國殖民地」，因為每個人總可以為自己所說的自圓其說，正如每次都能夠說是「責任不在中方」同理。但於過往一百五十六年間，英國根據《南京條約》、《北京條約》、《展拓界址專條》這三條條約有效地管治香港，都得到歷屆中國政府認可，包括清政府、中華民國政府（包括北京政府、南京政府）。至少，時任國民政府主席蔣介石在抗戰勝利後，雖然當時中華民國作為戰勝國既新生聯合國五強之一，但並未有無視國際條約之舉，依然希望透過正式外交途徑來廢除此三條條約，在某程度上亦默認英國對港管治。至於依靠著蘇聯武力及經濟支援下建立的中華人民共和國政府，**雖然「口裡說不」，指稱香港非「英國殖民地」，但「身體卻很誠實」，一直善於利用香港的殖民地狀態以撈取政治、經濟利益**，這就是中共總理周恩來（1898-1976）所說的「長期打算，充分利用」政策。

值得一提的是，與香港一水之隔並且同樣有過「殖民地」身份的澳門，能為我們帶來啟示。現時所謂「公民與社會發展科」經常強調，香港及澳門不是「殖民地」的理據，是根據聯合國規定所定義的，即是中華人民共和國政府於在其「亞非拉兄弟」支持下，於 1972 年通過的聯合國《第 2908 號決議》中，將香港及澳門剔除出殖民地名單，故此港澳理所當然不是聯合國所定義的「殖民地」。然而，最有趣的，於 1974 年，葡萄牙右翼的薩拉查（António de Oliveira Salazar，1889-1970 年，1932-1968 年在任葡萄牙總理）政權在康乃馨革命（Revolução dos Cravos）中被左翼軍官推翻之後，葡萄牙新政府為徹底實行當時席捲全球的「去殖民化」政策，宣佈放棄包括葡屬澳門在內的所有海外殖民地。葡萄牙政府在此背景，甚至主動向中共政權提出歸還澳門，但是中共政權卻不願以「澳門作為葡萄牙殖民地」為前題接收葡屬澳門。但是，在一方面宣稱澳門不是「殖民地」故此要收回澳門主權，卻另一面以「澳門作為葡國殖民地」的理據拒絕接受澳門回歸祖國領土，後來在處理好香港問題後又突然願意接收澳門。毛主席及黨中央的心思及邏輯實在令人費思。

　　雖然英國政府從未有向中國提出任何有關歸還香港的提議，但如果中國拒絕承認與香港有關的三條歷史條約，那麼中國政府又何會以《展拓界址專條》中的新界九十九年租期完結的一九九七年作為「香港回歸」之日？如果香港真的如中國所說「主權一直在中方手中」，那麼又會何為稱政權移交為「回歸」？這是否代表香港在三條合法的國際條約上一直維

持著她曾經擁有的殖民地地名？又如果，中國宣稱該三條條約在本質上，是帝國主義壓迫中國的「不平等條約」，那麼同於帝國主義時代被洋鬼子脅迫下所簽署的《北京條約》、《璦琿條約》是否應該一視同仁，並且要收回曾經割讓予俄國的中國領土？況且，那一百四十多萬平方公里的土地是拼成中國秋海棠地圖不可缺少的一部份。

故此，筆者作為熱愛巍巍大中華的小粉紅，理所當然地反對英國洋夷侵佔我中國領土，堅決支持維護國家主權統一，堅決支持祖國「一點也不能少」，**除了支持香港作為中國一部份之外，也支持海參崴、伯力、庫頁島、唐努烏梁海、尼布楚、江東六十四屯、外蒙古也應該要回歸中國，作為祖國領土一部份！**

2022 年 6 月 18 日，於公社科教科書爭議之時。

維城物語

The Tales of Victoria City: Its Aesthetics and Nostalgias

威爾斯太子

有兩任作為皇儲身份的威爾斯親王，曾經訪問過大英帝國在遠東最重要的殖民地——香港，他們分別為後來「不愛江山愛美人」的英皇愛德華八世，及現英皇查理三世。皇室象徵作為大英帝國在其殖民地彰顯其文化形象，建構殖民地歷史及社會空間的重要部份，兩任威爾斯親王在香港的皇家訪問，但為大英帝國在香港留下部份歷史文化遺產。

愛德華八世在登基以前，曾以皇儲威爾斯親王身份，於一九二一年東亞之旅前往日本途中造訪香港三天。當年，是乘坐著皇家海軍聲望號 (HMS Renown) 在香港中環的卜公碼頭 (Blake Pier) 登陸，接受駐港英軍的敬禮以後，就從皇后像廣場乘坐八人大轎到香港督憲府（後來的港督府，現今禮賓府），與中國官員、華人士紳、各國駐港官商代表見面。之後他回到山下，觀看用中國式紅色燈籠裝飾的各個主要建築，但令他感到遺憾的是，當天天氣比較大霧而無法觀看整個山頂的景色。

他在翌日亦會見了本地四十二所學校的學童及童軍代表，如聖若瑟書院 (St Joseph's College)、官立嘉道理爵士小學 (Sir Ellis Kadoorie (Sookunpo) Primary School) 等等，後來童軍更有所謂「威爾斯太子盃」錦標賽，正是當時愛德華皇太子將中式坐轎上繡有威爾斯親王紋章錦旗贈予香港童軍總會，紋章以鴕鳥羽毛為圖案，上面有「ICH DIEN」 (I Serve，吾役) 的座右銘；檢閱英屬印度部隊的威爾斯親王直屬第一百零二

擲彈兵團（102nd Prince of Wales's Own Grenadiers）；接受了香港大學法學博士（Doctor of Laws）的榮譽學位（Honoris Causa）；聽取共濟會（Freemasonry）成員的發言；到跑馬地馬場進行木球比賽；他曾被記者問及，是否准許香港政府在皇后像廣場豎立其雕像時，王子回應指他更希望可以他的名義，為香港社會事業作出更好的事情。

當天晚上，愛德華皇子又於西環皇后大道西的太平戲院，與周壽臣爵士（1861-1959）、何東爵士（1862-1956）等等華人士紳共晉晚宴。晚宴是由西營盤有名的金陵酒家所準備，菜單有以下美食：官燕、杏仁炸斑球、雞蓉魚翅、金銀鴿蛋、仙露笋、鍋貼、伊府麵、什錦炒飯、杏仁奶露、四色點心。不過愛德華認為這些廣東菜都是「奇怪而昂貴」（Weird and Costly）的美食。席間，華人又坐立舉杯恭祝「大英國大皇帝」（時任英皇為佐治五世）、「大中華民國大總統」（時任中華民國總統為徐世昌，1855-1939年，1918-1922年在任）、「大英國皇太子」萬歲萬歲萬萬歲，此後就觀賞由羅旭龢爵士（Sir Robert Hormus Kotewall，1880-1949）主持的粵劇《媒蝶夢》。

愛德華在最後一天乘坐皇家海軍聲望號前往日本橫濱以拜訪日本皇太子裕仁（1901-1989年，後來登基為昭和天皇，1926-1989年在位）前，特意到當時九龍半島一行，並參觀今天旺角一帶的華人市集。他亦考察了當地一條剛剛落成的道路，後來香港政府為了紀念他對此地的訪問，特意將這條道

路命名為「Prince Edward Road」，中文名為「英皇太子道」，後來則再改為「太子道」，這為今天香港太子地名之起源。這也反映了香港在英國管治下，不少地名、街名都是具有歷史淵源的。

至於現任英皇查理三世（King Charles III）於英女皇伊利沙伯二世去世後，隨即御極大統登基為英皇，至當月初便於倫敦的西敏寺進行加冕禮（The Coronation）。加冕禮於西敏寺大教堂（Westminster Abbey）舉行，原因在於體現「君權神授」（Dieu Et Mon Droit）下至聖君權，君主需要執行上帝的命令，除了以保護抗議宗的改革信仰（Protestant Reformed Religion）來服務上帝以外，亦要服務國民、主持公義、維持民主，以及英國各地原有的風俗習慣。**在他作為皇儲威爾斯親王時，就如其母親般一直服務於維繫英聯邦，他就曾經多次出訪香港這個大英帝國在東亞最後的堡壘，也是她最重要的堡壘。**

新界曾被香港政府稱為「比中國更為中國」，當年的查理斯就很重視他前往新界元朗的行程。在一九七九年的到訪，查理斯王子當時出訪了西貢、沙田以及元朗，當中又以元朗為最重要的出訪地點，而且那是傳統鄉村地區。查理斯王子當年三月四日在新界政務司鍾逸傑爵士（Sir David Akers-Jones，1927-2019）陪同下，出訪沙田新市鎮以及舊鄉村，以體現沙田發展的新舊對比，當時他曾訪問過瀝源邨、禾輋邨這些新型公共屋邨。至於舊鄉村，他則到了曾大屋這條擁有一百三十多年歷史的傳統圍村，期間，沙田鄉事委員會正副

主席、沙田諮詢委員會各小組委員會主席，以及曾大屋的鄉村父老都上前晉謁皇儲，查理斯王子亦一一與他們握手。

　　至於元朗方面，場面更是與一九五三年慶祝英女皇加冕的場面差不多，不少新界鄉議局及元朗鄉村的鄉紳都被官方列入在嘉賓名單之上，時任鄉議局主席黃源章 (1928-1993) 偕同許多位新界的太平紳士、鄉事委員會主席迎接查理斯王子，例如陳日新 (1919-2007，出身自屯門掃管笏村)、鄧英奇 (出身錦田屏山鄉)、鄧乃文 (1923-2016，出身錦田屏山鄉)、劉皇發 (1936-2017，出身屯門龍鼓灘村，曾任新界鄉議局主席有三十五年之長，故有「新界王」之稱) 等等。查理斯王子當時在進行完「點銀龍」的儀式後，觀看了來自橫洲六村 (即東頭圍、林屋村、楊屋村、福慶村、中心圍、西頭圍) 的一百六十多名的子弟表演「舞銀龍」、元朗區學校共一百九十二人的女學生舞蹈隊，又在場上表演彩旗與中國扇舞。另外，又有四十名運動員表演體操。

　　查理斯王子看畢表演後，隨即在鍾逸傑爵士陪同下，步行至元朗大會堂參觀一個名為「元朗：進取精神的表徵」(Yuen Long: The Spirit of Progress)，大會堂管理委員會主席楊少初議員 (出身於十八鄉楊屋村)、趙樹勳太平紳士在門外迎接。展覽以傳統中國文化的特色呈現予查理斯王子，包括安排元朗中樂團助奏以及太極拳表演，展覽內容則展示元朗當區歷史、日常生活、未來發展藍圖等等。參觀期間，楊少初和趙樹勳向查理斯王子引介其他新界鄉紳，包括梁省德

（1916-2017）太平紳士等等，令雙方關係非常融洽，這點在當年的《元朗星報》訪問上得到印證。

不少人表示他們在與查理斯王子交流時都感到王子的和善。元朗大會堂內表演太極的師父在王子表示「有機會也準備學太極」時感到查理斯的平民化；查理斯在接見新田鄉事委員會主席文伙泰（1937-2014）時又表示：「要多學習中文，以令自己能在唐人街餐館成功點到食物」，令大家感到非常幽默，而且感到「王子很有親民的風度，說話態度也很和藹可親」；鄧乃文太平紳士指：「王子的態度很民主，很友善。」屏山鄉事委員會主席黃金業表示：「王子風度了得，談吐溫文有禮。」除了鄉紳以外，當年元朗亦因為查理斯的到訪而全區放假一日，許多人都在元朗路上迎接查理斯。可見，當年作為英國皇儲、英聯邦未來元首的查理斯王子，並非只局限於得到士紳支持，他的親民作風得到了元朗居民的支持，**也似乎英國皇室成員訪問香港時都會得到大眾的支持、尊敬和愛護，與後來政治狀況改變後的情況有所不同。**

這次查理斯王子到訪元朗的行程，其實具有鮮明的政治意圖，就是要塑造元朗作為新界地區最為先進的新市鎮，因為在八、九十年代新界大規模發展新市鎮之前，新界各區只有市中心的發展比較貼近九龍。在當年元朗地區的紀念刊中，就有如此鮮明的描述：「元朗被視為新界最繁榮及進步的地區。它那緊密連繫及開明的社區和諧地合作使當地居民得益不少。」又列舉元朗社區醫院、體育館、足球隊、大會

堂、國樂團、兒童合唱團、芭蕾舞學校等等，證明元朗在整個新界地區內的發展是最先進的。又表示元朗已經準備好，在未來香港政府的新市鎮計劃上大展拳腳，盼望元朗能成為歷史新的一頁。

從愛德華皇太子到查理斯王子，英國已從大英帝國過渡至英聯邦體制。英國不再是昔日的殖民霸權，在英聯邦追求多元、捍衛民主價值的旗幟，不同文化都得到包容、尊重，甚或是強化。兩任威爾斯太子訪問香港，如同其他皇室成員訪問香港一樣，都為香港留下了英治時代的典雅和文化遺產，在香港政府及大時代的推動下，都成為了香港人文化身份的其中一部份。

2023 年 6 月 2 日，增修於 2024 年 4 月 26 日。

維城物語

The Tales of Victoria City: Its Aesthetics and Nostalgias

英女皇與香港和香港人

溫莎皇朝（The House of Windsor）第四位君皇：伊利沙伯二世女皇陛下，於主後二零二二年九月八日於蘇格蘭巴摩拉城堡（Balmoral Castle）安祥離世。英女皇的九十六個春夏秋冬，見證著充滿榮光的大英帝國，轉型為「海納百川，有容乃大」的英聯邦。雖然英國國運就像花海般，並無百日紅，但她充滿懿德的生命就像耶和華之子耶穌來到世上般：「我要為真理作見證。」從二次世界大戰到福克蘭戰爭，再到現代的阿富汗戰爭，她見證過戰火無情以及人性光輝；從現代偉人邱吉爾（Winston Churchill，1874-1965 年，1940-1945 年、1951-1955 年兩度出任英國首相）到「鐵娘子」戴卓爾夫人，再到保守黨的卓慧思（Liz Truss，2022 在任首相），她依然恪守著憲法學家白芝浩（Walter Bagehot，1826-1877）所說的「尊榮的部份」（The Dignified Parts），以上帝之權柄賦予權力給民主政府。

香港曾經作為一顆來自東方的掌上明珠，鑲嵌在聖愛德華皇冠（St Edward's Crown）之上，在一九五三年西敏寺大教堂進行的加冕典禮上大放異彩，閃爍動人，作為英國皇家殖民地的香港實在與有榮焉。在華人佔大多數人口的香港殖民地，華人曾在此普天同慶之日子於九龍油麻地舉行了「香港華人慶祝英女皇加冕會景巡遊」，搭建了刻有「女皇萬歲」的牌坊，當年頌詞之誠懇實表達了華人對女皇景仰之心：

> 恭逢伊莉沙白二世女皇加冕大典：伏以一人有慶，四
> 海臚歡！值膺寶命之昌期，爰貢輿情之馨祝。其辭曰：

滌歟陛下，聰明天縱；德協坤元，緒成大統。負扆加冕，
萬邦瞻敬；運際緝熙，八埏同慶。維我香港，到治日隆；
自由敦睦，政協時雍。曩年光復，弭變消氣。經營修繕，
氣象維新。

後來被香港總督葛量洪爵士（Sir Alexander Grantham，1899-
1978 年，1947-1957 年在任）曾道「比中國更為中國」（More
Chinese than China itself）的新界地區，當年乃英女皇名副其實
的中國臣民，原因在於新界所保留之中國傳統文化、社會組
織，比起共產黨的中國大陸、國民黨的自由台灣更具中國傳
統特色。當年新界鄉議局以及各區皆舉辦了盛大慶典，來慶
祝女皇御極英國皇位大統之喜，不分陸地或離島地區，諸如
西貢、元朗、大澳、長洲、上水、沙田等地，皆舉辦舞金龍、
花車巡遊、水上龍舟競渡、陸運會活動，各區亦搭建牌樓展
現維護新皇權威的忠誠。當時《新界各區慶祝英女皇加冕紀
念冊》有如此頌詞：

新界鄉議局，於英女皇二世加冕之日，代表新界二十萬
居民，向女皇頌祝，其詞如下：一千九百五十三年六月
二日，為英女皇伊利沙伯加冕大典，普天同慶，薄海騰
歡，凡屬臣民，莫不歡欣鼓舞，距躍三百，典踊三百，
同人等編诹久列，深叨覆被之仁，盛典躬逢不盡葵忱之
向，謹以聖潔之衷誠，率新界二十萬眾居民，向楓宸而
同申慶祝，恭維英皇陛下聰明天亶，才德冠時，福慧雙
修，人天共仰，前星耀彩，凤興樂府之歌，德配昊天，
喜見龍非爾日，承列祖列宗之垂訓，協和萬邦，抱大仁
大智之宏猷，包荒四宇，馳王驟帝，識聖哲之有真，冠

道履仁，起來蘇於萬姓，是以拜冕旒者，梯山航海，
八百國而共聚星垣，沐恩澤者，竭智翰迪，億萬眾而永
矢鰲戴，望君門於萬里，共切鳧超，慶一視而同仁，益
深孺慕，午夜焚香，祝皇躬之永健，謳歌戴道，頌國運
於興隆。

　　女皇御極大統之第八年 (1959) 時御准英國紋章院 (College
of Arms) 為香港設計新紋章，以回應去殖民主義化的思潮，
蜑家人阿群不再在港島作「帶路黨」為英軍帶路。左有皇冠頂
戴之英國獅子一隻，上亦同有皇冠頂戴之香港小獅子，右則
有傳統中國之黃龍是也，代表香港交通東西兩洋。香港之小
獅子抱有東方之珠，鑲於聖愛德華皇冠之明珠也，堪比印度、
巴基斯坦、錫蘭之東方氣息。至於三者，則立於香港海島之
上，有張保仔 (1786-1822) 中國帆船泛於南中華海。建有石磚
城池，是為英國之東方堡壘、自由世界之前沿也。皇夫愛丁
堡公爵菲臘親王 (Prince Philip, Duke of Edinburgh，1921-2021) 恰
逢來港作官式訪問，故特奉女皇懿旨，向本港御賜新紋章，
象徵香港於戰後之新生，即將成為英治下輝煌的東亞國際大
都會。

　　當時於港督府所舉辦的園遊會上，出身於粉嶺高莆、曾
獲大清皇朝秀才資格的新界士紳李仲莊 (1874-1968) 身穿傳統
中式長衫馬褂、頭戴紅色黑綴瓜皮帽覲見親王。菲臘親王亦
對新界鄉紳重視有加，並向他們贈送代表「茶几般這麼長的，
上面印有英國皇家皇徽 (筆按：聖愛德華皇冠)」的雪茄。德
高望重的李氏又代表新界鄉紳向在場的菲臘親王，致以極為

傳統的中式頌詞：

英女皇伊麗沙白二世御極之第六年，歲次己亥春，皇夫
菲臘親王殿下愛丁堡公爵以環遊屬土之便，駕幸香港，
于時風日晴美，海塵不揚，民吏騰歡，禮儀卒度，懿歟
盛哉，誠香港開埠百年來之僅事矣。本港十年來吏民安
堵，匕鬯無驚，九市則貨物隧分，百工則居肆成事，咸
安畎畝，民樂昇平，是自由世界之象徵，亦國際旅遊之
勝地，凡茲建設，恭仰宸衷，欲惟殿下湯德日新，堯仁
天縱贊襄皇畧，促世運于和平，巡省殊方，納民彝於軌
物，茲者乘時布令，三陽開萬物之春，薄海同歡，多士
見冠裳之會，紳民等代居新界，同隸阱懷，值百里之同
風，共舉頭而目日，人如草木，正喜浥芳華於雨露之恩，
近水樓台，每當效涓滴於高深之世，天威不違於咫尺，
風儀猶慰其平生，敢獻蕪詞，用申葵慕，甘棠思樹，毋
忘堯天舜日之仁，芸卷題名，竊者海宴河清之頌。

　　頌詞指香港在英女皇管治下成為「自由世界之象徵」，
頗具與中國大陸的共產世界分庭抗禮之意味。而於一九七五
年，女皇陛下伉儷來港正式作皇家訪問，是為首位親臨香港
訪問之英國君主。當時留港三天，視察民情，與民同樂，不
與獨裁暴政之君臨天下相比，女皇陛下有如其堂妹歐國偉爵
士夫人雅麗珊郡主（Princess Alexandra, Lady Ogilvy）所言的「老馬
識途」，深入民間。**囿於中共所煽動的六七暴動有尾大不掉
的社會後遺症，香港社會因而一直都躁動不安，英女皇之於
英國君主立憲體制，則為英國憲政學者白芝浩所指「尊榮之部**

份」，**女皇來港實在有撫慰人心之效。**女皇的皇家專機降落在皇家啟德機場，乘車到尖沙咀轉乘皇家遊艇至中環皇后碼頭之時，於九龍各處莫不受到萬民來迎。在蘇格蘭風笛之迎接下，女皇登陸碼頭後隨即接受尼泊爾山林勇士的皇家敬禮，《天祐女皇》（God Save the Queen）的吾國國歌在香港大會堂前莊嚴響起。

女皇與香港人的距離只有一繩之隔，並無金戈水馬阻礙著她與其東方臣民之交流，此實在源於她改革傳統君主制至現代君主制，後者強調「親親而仁民」之重要性，其曰：「余於爾等之前立誓，不論余生命之長寡，將效勞於爾等，及吾等所屬帝國家庭之中。」深入何文田愛民邨康民樓六樓的一個平常百姓家，鄧氏家庭榮獲女皇御筆簽名，又與女皇留下倩影；走到黃大仙的摩士公園泳池，彎身與該處玩水之「細路仔」傾談數句；又去到大英帝國在東方所成立的第一所帝國大學：香港大學。校長黃麗松博士（1920-2015）於本部大樓恭候女皇聖駕蒞臨，並前至陸祐堂處參觀名為「香港大學的過去與現在」（The University of Hong Kong: Past and Present）之展覽，留下不少專屬於作為征服者威廉（William the Conqueror，1028-1087 年，1066-1087 年在位英格蘭國王，1035-1087 年在任諾曼第公爵）後裔之尊貴馨香，與這所以文藝復興風格興起愛德華式建築的品味不謀而合。

女皇伉儷最後一次訪港乃為中共以口蜜腹劍之面貌簽訂《中英聯合聲明》（Sino-British Joint Declaration）之後的兩年。

不少從赤色竹幕避秦南逃來港之自由人民，早已在香港這個「借來的地方」落地生根，但是由於英揆戴卓爾夫人敗走北京，與當年英國遠征軍擊敗義和拳匪之氣魄，不可同日而語也。九七大限有如香港之生死大限，這座城市就像英國文豪莎士比亞曰：「是如或非如，頗費心神深思。（To be or not to be, that's the question.）」女皇再度御駕來港，撫慰這座被末日感覺籠罩之城，讓太陽的晨光滲進這座密不透風的死城。當時女皇於香港大會堂所舉行的歡迎儀式上，致辭時就如此說：

> 香港的市民以靈活的頭腦和勤奮工作創造出一個獨特的城市和一個獨特的社會。……在來港之前，我和菲臘親王曾訪問中華人民共和國。那是英國君主第一次訪問中國，是一次歷史性的訪問，象徵著中英兩國的新關係。而中英兩國就香港前途所作的協議（筆按：《中英聯合聲明》），對這個關係實在重大作用。協議保證保持香港的各種制度、傳統和生活方式，……我相信這份協議，加上中英兩國政府執行協議內容的堅決承諾，定可使港人在面對未來挑戰之除獲得保證和鼓勵。……中英兩國的傳統有很大的貢獻，我肯定香港將來的發展，仍會繼續秉承這兩種傳統。……香港人吸收了中英兩國傳統的精華，所以便能夠適應這種飛快的進步，……你們現正邁向一個新里程，我們定會時刻關懷你們的。

雖然當年香港人對政權移交半信半疑，但英女皇所強調英國對在政權行交後的香港仍肩負有道德責任、監察角色。女皇該次來港，正是希望在香港風雨飄搖之際能夠派定心

丸，安定民心。縱使在若干年以後，《中英聯合聲明》在中共外交部發言人口中，竟變成一份「不再具有任何現實意義的歷史文件」，這亦絕非重視協議、榮譽、誠信、尊嚴的英國皇族所能理解，因為他們並非出身於延安、井岡山這些土匪猖獗之地。在這次行程中，女皇陛下又先後到訪立法局大樓、匯豐銀行大樓、沙田新城市廣場等地，以示香港在英國管治下井井有條、欣欣向榮。

在英女皇訪港青年精英大匯演上，香港的四位國際級歌星張國榮 (1956-2003)、張學友、鍾鎮濤、區瑞強，便在御前獻唱了《這是我家》一曲，以展現香港人對香港以及香港人自身的無限盼望和信心：「高高廣廈，曲曲海岸，真優美，多優美，是我香港。尖沙咀散步，筲箕灣眺望，海的美，山的美，呈奉歡暢。這是我家，是我的鄉，是民族世界岸。是我的心，是我的窗，是東方的新路向。」香港人在八九十年代這個黃金年代，縱使生活有許多困憂，但依然相信只要透過自身努力，依然能夠力爭上游。而且，無論前途是如何不明朗，正如英女皇所言，香港在英治時期所取得舉世矚目的成就，將會成為香港保持自身獨特地位的關鍵所在。

雖然前香港總督彭定康 (Christopher Francis Patten) 曾於一九九六年發表最後一份施政報告時，曾言：「吾所憂慮者，非香港之自治為北京所奪，乃此權利為某部份香港人逐一葬送之。」如今看來督憲閣下所言非虛。**雖然，香港這顆白色古城正於魔多大地的陰霾下，繼續苟活掙扎良久，但這不代**

表香港沒有其輝煌的歷史、文化、傳統。女皇陛下當年在啟德國際機場的皇家專機上向香港告別、向香港人告別的時刻，正是香港朝氣蓬勃的花漾年華。香港人為自身生活、為這個城市的未來而奮鬥，無論是女皇的身影還是香港的落日餘暉，我們都應銘記於心，提醒香港的輝煌將由香港人再度創造。因為，始終是「由亂及治」、「由治及興」的年代嘛，我們要樂觀點看到它帶來的好處。

「我仍然記得，多年來經過，時代或許，不肯去遷就我。
道路不改，只因我們講過，未曾輸，不講和。」

（Beyond 黃貫中唱，林夕填詞，黃家強作曲：〈我記得〉）

2022 年 9 月 9 日，英女皇伊利沙伯二世陛下駕崩後一日，
後修改於 2024 年 4 月 26 日。

維城物語

The Tales of Victoria City: Its Aesthetics and Nostalgias

文明衝突

　　猶記得二零一九年六月以前的香港，充斥著一股享樂主義的頹喪風氣。無論潮流好與壞，總是會在周末時相約三五知己，跑到深圳飲喜茶，又或去按摩院採骨（不過不知是正是邪）。然而，後來一百萬人的聲音換來「條例將會如期進行三讀」，漫天催淚煙霧、防暴槍聲此起彼落，不同世代的香港人以及整個文明世界都為之震驚。這些傷痕、苦痛從未有得到那些執掌權力的家長所安撫和療傷，而年輕人是他們所聲稱的「血肉相連」的親人同胞。

　　雖然香港被「奪舍」以後，已經成為了「共產鐵幕」的一部份，但是筆者自那時開始，就未再聽見有身邊朋友談及「去深圳玩」的語調，每每談到「中國」兩字，總是嗤之以鼻，縱使在學術倫理上這兩個字並不是如此定義。但世事最奇妙的是，筆者在那個年代亦抵擋不了前往深圳遊玩的潮流，也曾去過兩次。那時，亦開始慢慢接受「中國正在進步」、「中國並不是想像般差」、「香港與中國融合是大勢所趨，無法阻擋」、「中國正在與世界融合」、「中國與歐美世界不同，她有自己的價值觀」等腔調。當然，那個「年年考第一」、「好打得」的香港婆娘，將這個國家的虛華幻象一一暴露於世界前後。舊思想在「良政善治」的新時代，難免顯得可笑和幼稚，又或是另一種黑色幽默。

　　在歐亞大分流（The Great Divergence）之前，中國二千多年以來沿用以儒家君臣倫理建立的朝貢體制（Tributary

System），中國與周遭國家都為宗主國與藩屬國的關係，共同使用中國的漢字、典章律令制度、文化規範、儒家思想。中國各個皇朝都是當時世界最強大的帝國，如於「萬邦來朝」的唐朝，正值飛鳥時代 (592-710) 的日本，及正值三國時代 (前 37-935 年) 的韓半島 (高句麗、百濟、新羅) 都派出遣唐使來華學習華制，香港人的故鄉日本亦按照大唐長安城樣式設計京都城。西域各國紛紛尊奉唐朝皇帝為「天可汗」，為中亞諸國的共主；以保守儒家主義建國的明朝，江南經濟發達的程度更令東亞各國爭相派出船隊，前往中華帝國沿海港口通商、入貢。大明帝國則履行宗主國為君的責任，出兵協助朝鮮王朝 (1392-1897) 擊退豐臣秀吉 (1537-1598)，令後世韓國人始終不忘此份恩情。

更值得一提的是，作為「征服皇朝」（Conquest Dynasty）的清朝，繼承明朝為中國正統皇朝。滿州人熱愛騎射的尚武傳統，就令這個國家趨於穩定，統治民族的文化得到保留，被統治民族的文化得到尊重。聲言「惟以一人治天下，豈為天下奉一人」的君主早睡早起，有時為處理朝政甚至通宵達旦，雍正皇帝 (愛新覺羅・胤禛，1678-1735 年，1722-1735 年在位) 治下十三年，批改大臣奏摺的字數就達到一千萬以上；皇帝尊重中國文化，每年舉行祭天禮、祭孔禮，禮賢下士，治下各族士子均被重用；據統計，十九世紀初期大清國的國民生產總值 (GDP) 就佔了全世界三分之一，是大英帝國和其治下印度所難以追及的；滿、漢、蒙、回、藏的帝國，雖然是具有殖民主義及帝國主義的意味，但是起碼作為統治者的滿州

人都能尊重當地習俗，清朝因此是多元文化的普世帝國。

中國人將鴉片戰爭戰敗的「國恥」時刻掛在口邊。對於中國人而言，鴉片戰爭為國恥的原因在於，以英國本土陸軍、印度陸軍、錫蘭輕步兵團 (Ceylon Light Infantry)、皇家海軍陸戰隊 (Royal Marines) 組成的英國遠征軍，在中國本土上將清代中國這頭外強中乾的紙老虎擊敗，美國漢學家費正清 (John King Fairbank) 所說的「中國的世界秩序」(The Chinese World Order) 崩潰。維多利亞女皇治下的大英帝國，將中國人在一千多年以來，在文化上鄙視蠻夷戎狄、在經濟上「嘉惠遠人」、在政治上的君威等驕傲一洗而清。過往強勢並以「教師爺」姿態君臨天下的天朝業已崩潰，他們不再為一切人、事、物提供君威式指導，當時便淪為共產黨所說的「半封建半殖民」狀態為外國勢力主宰。

今上所說的「中華民族的偉大復興」，無非是希望中國能夠重返「治隆唐宋，遠邁漢唐」的局面，令中國再能以宗主國身份指點別國江山。這是出於鴉片戰爭對於中國「體制自信」的打擊，中國在鴉片戰爭後不能再以中華體制指點江山，只能「被迫」跟從以歐美建立的國際秩序準則。在二次世界大戰期間，美國借著本土遠離歐洲、亞洲戰爭的地理優勢，一方面免受到任何攻擊，一方面派出美軍、物資支援各地戰場，在戰後歐亞大陸處於頹垣敗瓦之際，美國則取得先天經濟優勢及國際主導權，美國則主導國際關係至今，在蘇聯這個邪惡共產帝國被拋進歷史堆填區以後，更由是之。雖然吳京等

「戰狼」宣稱他們會「信守承諾」、「遵守國際法原則」，但在實際上他們只希望透過西方民主的弱點，來顛覆現時行之有效的國際秩序，並以其所謂「中國價值」改寫之，目的是要讓天朝的影響力重臨天下。

挪威歷史學家文安立（Odd Arne Westad）在《躁動的帝國》一書指出，**中國人對美國夾雜著「畏懼與吸引、敬佩與厭惡」的情感，欲挑戰美國的世界霸權，卻又不想與美國全面冷戰。**他又指出中國「人民民主專制」的專制制度，將會影響其國內政策的彈性，又不能反映其國民的實際意願。中國政府在制訂政策時，只能依靠體制內一小群精英，與普羅大眾脫節，這種情況只能夠透過擴大政治參與方可舒緩。但文安立亦清楚知道，以中共「不忘鬥爭」的權力思維而言，改革只會帶來蘇聯式崩潰，故他又以「世界厭倦美國干預，但也不歡迎一個自掃門前雪的超級大國」的論點作結。他明顯以全球化的觀點，觀察中國於現時世界體系的角色，並以中國的歷史形態來觀察這個國家的未來。他估計共產中國在未來雖然不太可能出現西方式民主政府，但中共或會不情願地允許各省多點自主權和自決權。但文安立顯然忽略中共領袖的權力能夠改寫體制玩法，尤其在毛澤東的陰影重新浮現的年代，下放權力其實就等於「亡黨亡國」。

「人民民主專政」政府所宣稱之「遵守國際規則」，實際上只會在對其有利的情況底下才會發生。不然，為甚麼於聯合國檔案室備案的《中英聯合聲明》只是一份「歷史文件」，

而沒有任何現實意義和約束力？不然，為甚麼海牙國際法庭將南海權益判予菲律賓的決定，會被斷然拒絕？不然，為甚麼斯里蘭卡會因為在「一帶一路」政策上無法還債而破產，又租借漢班托塔港（Hambantota Port）予中國九十九年，就像他們批判帝國主義強迫清廷租借土地予西方？不然，為甚麼聯合國要求進入武漢以調查肺炎病毒起源的請求被拒絕，而美國又被中國官媒氣急敗壞地指控散佈病毒？如果「四個自信」是要以低俗粗鄙的言語來維持的話，那就與歷史上的漢唐盛世，又或象徵開放包容的江澤民體制和胡溫體制成鮮明對比。

雖然民主制度事實上有眾多缺陷，它回應社會需求的速度慢、容易造成社會分化、制度易被民粹騎劫。但歷世政治哲學家討論後，最終都堅持民主制度利大於弊，正如英國首相邱吉爾所說：「民主是最差的政治體制，除了那些已經被嘗試過，而且比它更差的政治系統以外。」意思是指**民主制度的缺陷，比起已被歷史淘汰的政治制度更好**，例如君主專制、無政府狀態、蘇聯共產主義等等。至於為何民主制度仍具優秀呢？在於民主雖不保證社會沒有問題，正如法國哲學家托克維爾（Alexis de Tocqueville，1805-1859）所說：「你可以把民主制度，想像成一個擴大版的創業計劃。你在創業的過程中，會不斷遇到問題，進而去做自我修正調整，但這些問題幾乎不會是你在開始創業的時候就能先預期的。而不同的公司會面對的困境也會不同，最後發展也一定會不同。」民主制度能確保社會問題出現之後，體制仍有自我修復的可能。

中國一直具有自身歷史、文化的發展軌跡，若以歐美標準衡量之，實在有不公允之處。然而，從疫情時期的上海封城慘劇、河南銀行擠提事件上看到，中國人所需要的除了是在豬場內的「繁榮穩定」以外，他們的人性、尊嚴、權力需要得到文明制度的保護。因為在馬克思的唯物主義眼中，他們只是單純意義上的「居民」（Resident）或「群眾」（Crowd），而非於國家擁有身份、責任的「國民」（National Citizen）。身體很誠實的上海人和河南人，在現實上證明了「中國有自身歷史發展軌跡」一語，並不能成為中國拒絕以文明世界標準來進行改革的理由。

美國政治學教授亨廷頓（Samuel Huntington）就曾以「文明衝突」（Clash of Civilisations）的視角，來觀察世界各地衝突頻繁的本質。**筆者認為中國與世界體系發生文明衝突的原因，本質不在於中國獨特的歷史發展、文化特徵，與西方世界和民主觀念存有根本矛盾，而在於中國人在百多年為了「民族尊嚴」，而甘願放棄個人自由、尊嚴，最終導致現時「中國價值」低不上、高不就。**在尊嚴、權利、自由這個議題上，若人們以相對主義角度視之，會導致價值的失序，正如被匪賊綁架的人難以為「自由」的事實一樣，「真理」不可能在正確的情況下被判定為錯誤。

西方經過數百年的哲學辯論以後，民主制度日漸成熟而且變得日益堅固，這個是不公的事實。以憤世疾俗的馬克思眼中，共產主義者的生存意義在於否定「真理」的確實存在，

他們一切皆以唯物主義辯證法（Dialectical Materialism）來解釋這個世界，從解釋宇宙起源到人類去廁所的所謂「經濟生產模式」。但同時間，他們又可以因應著自己的政治需要，而改變自身本身的論述。遇到別人的質疑時，他們就會像羅馬「指定法官」彼拉多一樣，輕挑地質問主耶穌基督：「真理是甚麼？」然後就拂袖而去。筆者由此想起了《聖經》當中有一段經文：

> 你們祈求，就給你們；尋找，就尋見；叩門，就給你們開門。因為凡祈求的，就得著；尋找的，就尋見；叩門的，就給他開門。你們中間誰有兒子求餅，反給他石頭呢？求魚，反給他蛇呢？你們雖然不好，尚且知道拿好東西給兒女，何況你們在天上的父，豈不更把好東西給求他的人嗎？
>
> （馬太福音第 7 章，第 7 至 11 節）

或許，世界正尋找上帝的「真理」為如何，而這個過程定將充滿暴力、混亂、失落，但起碼讓我們能夠謙卑地知道，那些已被歷史淘汰的思想，如馬克思主義、共產主義、專制政體絕非「真理」本身。我們必須在這條窄狹的朝聖之路上，分辨清楚誰是真正的上帝，並且相信我們進向上帝的應許之地進發。

原作於 2022 年 7 月 29 日，修改於 2024 年 1 月 31 日。

輯二　文明衝突

維城物語

The Tales of Victoria City: Its Aesthetics and Nostalgias

榮譽與美感

「五十年不變」冰封了殖民體制，令香港人繼續在殖民主義陰影下生活。情況就像坐在透明玻璃窗旁欲觀外面的景致，但簾幕卻要掩蓋著窗，「五十年不變」。英國人為香港這座惡靈古堡安裝的煤氣燈，依舊在都爹利街為住客提供光明，後來成為這座大宅的新主人承諾保留這些已運行了一百五十六年的火水燈光。但這位新主人卻顯然地嫌棄這些燈光，因為它充滿了帝國主義的惡意：「他們想要強姦我。」故此，新主人利用那些充滿了「中國夢」的豆腐渣，更換了那些充滿英式美感卻又搖搖欲墜的燈火，結果整間屋變得弱不禁風的程度，就讓曾經「冠絕東方」（Nulli Secundus in Oriente）的英國大宅陷於四川式工程的災難。而兩者的相同之處，在於像黑格爾（Georg Hegel，1770-1831）所說：「人類從歷史中學到的唯一教訓，就是人類從來都沒有從歷史中汲取過教訓。」

最近經過一番「完善制度」、「由亂到治」過程的美麗新香港，「為人民服務」的公安大哥接受了祖國解放軍的一番「完善制度」，決定清除那些具有邪惡帝國主義滲透中國香港文化意味的事物，例如英式步操、蘇格蘭高地風笛等，這些都象徵英帝國透過文化帝國主義（Cultural Imperialism）壓迫全世界饑寒交迫的奴隸。現在的「英特納雄耐爾」（Internationale）就要起來反抗殖民主義，就像許多宣告脫離英聯邦、廢除英皇作為國家元首（Head of State）的非洲國家一樣，能夠重回第三世界的原始生活，而這絕對是他們的自由

與權利。筆者也肯定中國香港的香港人希望透過去殖化，能夠將香港由東方之珠，變為一八四一年前的小漁港。晴空萬里之上，蔚藍天空與光亮雲霄，映照在睡在海邊的漁人的臉上，享受這一切由上帝創造的鬼斧神工：大自然。

早前，駐港共軍在符合他們品味的微博上，這個能令「中國網民坦率說出他們一些想法與感受」的地方，發佈了一部名為《正步》紀錄片，用作慶祝香港公安以及各大紀律部隊改用中式俄國正步作為步操姿勢。一名步操教官說：「現在是時代的改變，你們在這段時間進來是應該值得光榮。……時代的進步一直都是向前發展的，而（英式）步操直到現在的中式隊列，也是一個很好的轉變，亦是我們要面向祖國的進步，不要再整天回顧以前。在後面的意義就是我們已經回歸了祖國，其實我們背後有祖國強大後盾，支持我們每一位香港人。」**很明顯，他們所定義的「跟著時代進步」與常人所理解的「進步」是不同的。**

評論家陶傑曾經被「愛國愛港」的陣營批評其為崇洋、戀殖，陶傑反駁指，那並非「崇洋」，而是「崇優」。蘇聯的共產主義者經常營造一個錯覺，共產天堂被建設完成後，那裡將會是如烏托邦、桃花源的美景。但只要這些從這些幻象醒覺起來，蘇聯建築充斥著一股冷漠、死氣沉沉的工業氣息，在沒有上帝的月球上只尋得一片寂靜，除此以外一無所有。而那些「中式步操」也是蘇聯這個外國文化的產品。無論是沙皇帝國、蘇聯共產暴政，還是現在的俄羅斯聯邦，他們閱兵

時所走的正步並不會抬起手，以表現俄國人民大團結的一致性。中共在北平建政後隨即宣佈實行「一面倒」外交政策，向一直對中國領土虎視眈眈的俄國老大哥拋媚眼、解衣鈕，無論在制度或是制服上都全盤「學習蘇聯好榜樣」。雖然小粉紅經常批評讓美軍駐守在其國內的國家為「美國走狗」，但君不見毛主席在建政以後，就繼續讓蘇聯海軍太平洋部隊駐守在旅順、大連，不知小粉紅此時能否在在這種情況上，套用他們的標準？

縱使毛澤東主席渴求得到史達林的認同，就像江戶遊郭的花魁渴求登徒浪子鍾愛雷同，在一九五零年訪問蘇聯時，毛主席曾多次要求晉見這位具有格魯吉亞血統的「中國人民親愛的俄羅斯父親」，但是始終不獲回應。心碎難忍的毛主席嬌喘一聲倒在莫斯科的雪地裡，這個時候的莫斯科卻以凜冬烈火回應了他的愛意，令毛主席和拿破崙（Napoléon Bonaparte，1769-1821 年，1804-1814 年、1815 年在位法蘭西皇帝）和希特拉般拂袖而去。筆者堅決地認為同性戀在中國與俄羅斯之間，是不可能像那個蜜月期的海報一樣發生，兩個男人抱著兩個不同膚色的男孩子。因為，雙方始終要分別扮演男性與女性的角色，而俄羅斯這頭大黑熊當然是男性扮演男性的一方。

作為「人民子弟兵」的人民解放軍在國慶閱兵時走正步時雙手的擺動，就像現在那些熱愛廣場舞的大媽一樣令人雀躍萬分，正如許多人喜歡在「抖音」上，以其品味定義的音

樂、舞步，來展現他們口中的所謂「前衛性」、「摩登性」、「快樂性」，他們很喜歡「性」一字。筆者希望這樣「跨性別」的形象，最好不要像美麗新香港的休班公安大哥一樣。筆者並不是指那些充滿柏拉圖式意味的精神愛，而指充滿邪惡資本主義意味的肉體愛，因為這段愛只存在僱傭關係，在共產主義語言來說，就是資本家對無產階級的壓迫、國家機器對無權者的壓迫。筆者所說的是《共產黨宣言》（Communist Manifesto），並非良政善治的「美麗新香港」，《國安法》絕對不是如帝國主義「惡毒炮製的政治謊言」所說般壓迫香港人權和自由，因為西方無資格當「民主教師爺」。雖然西方有無資格當「民主教師爺」，筆者不得而知，但是與有無壓迫香港人有甚麼關係呢？筆者也不知道，但由於筆者缺乏思考能力，並且熱愛住在華為興建的養豬場，故此很適合當一個「愛國愛港」、「維護國家安全」的愛國小粉紅。

香港在九七前的一百五十六年的殖民地時代，就繼承了英國的文化道統，當中包括了重視傳統、榮譽、歷史的保守主義。在後現代主義（Post-modernism）破除一切「不科學」的神話以後，人類似乎重新發現自己熱愛神話，因為那些神秘主義象徵中的象徵往往不能為科學所解釋。聖油與宣誓、寶球與權杖，英女皇在西敏寺進行加冕典禮，**那些難以理解的神秘謎團與儀式，這些神聖的魔法模糊了許多人類世界所能理解的界線，也得以滿足人類可在物理、心理形式上與上帝連繫的慾望。**就像於一九七一年，皇家香港軍團（Royal Hong Kong Regiment）接受英女皇御賜新軍旗時正是由聖公會牧師所

主持，象徵軍團將遵行上帝的旨意，協助「君權神授」的女皇，殲滅與她對立的亂臣賊子，當然這位牧師並不是「事奉兩個主」並且作為同佳「代表牧師」的牧師。

而「Sir」這個字在英文文化中，並不僅指男性先生（在古代中國，「先生」的稱呼可用於女性）這個意思，而且更代表著高一層意義：身份與榮譽。在英國被女皇策封為貴族、騎士身份以後，可以在本名之前加上「Sir」、「Madame」的稱謂；而參與過制服團體的香港人，就會知道稱呼「Sir」的意義在於下對上的尊稱，能夠被稱為「Sir」的高級軍官也視這個為一種榮耀。小粉紅或者會嘲諷英國御林軍（The Household Divisions）戴上不同顏色羽毛的熊皮帽、皇家蘇格蘭軍團風笛手的駝鳥毛高帽，並且扣上一大堆獎章的紅色軍服等禮儀，都是「帝國主義之心不死」的繁文縟節。但是他們卻又會為他們的軍隊在天安門廣場前跳上俄羅斯式的廣場舞，感到高潮和興奮。期間，他們又會高呼「東升西降」，國家強大得洗脫了「民族屈辱」。不過如陶傑所言，兩者的分別是前者充滿象徵著數百年傳統之神聖美感，後者則是血液中充斥著「小農基因」而且胸無點墨的暴發戶，一朝得志的高潮快感而已。

香港市公安部隊出身的行政長官曾説，這個政府不能再像三年前般在「愛國主義的大是大非」的面前，將政治狀態「駝鳥」至「五十年不變」終結時的二零四七年。故此，必須像我們偉大領袖今上習主席所説，必須勇於鬥爭、敢於鬥爭，

時刻抱持對英文化帝國主義的鬥爭思維、底線思維。「是的，長官！」香港公安用國家通用語言普通話高呼他們對祖國的熱愛。筆者相當支持美麗新香港所有紀律部隊拋棄那些象徵榮譽的英式制服、美製步槍，全面改用共產制服和小米加步槍，來表現他們對偉大祖國的熱愛，因為這些充滿帝國主義意味的制度與我們祖國蘇聯式軍服的革命精神是不同的，我們是革命的、進步的、鬥爭的。

但是在英治時期的香港，英帝國卻熱衷以中國傳統稱呼來翻譯官名。如明清時期地方最高首長「總督」（Governor）、「巡撫」（Grand Coordinator），例如直隸總督、兩廣總督、山東巡撫等等，當時英國政府就以「總督」作為香港政府首長之漢文職稱，而港督金文泰亦曾被稱為「制軍」，但在九七後改稱為「行政長官」（Chief Executive）這些西化名稱；香港政府亦採用許多傳統漢文稱呼用作官方文件、官署名稱、官員職稱，如《英皇制誥》、督憲轅門（Government House，今香港禮賓府）、正臬司或首席按察司（Chief Justice of Hong Kong，後首席大法官，今終審法院首席法官）、巡理府（Magistrates' Courts，今區域法院）、布政司（今政務司）、撫華道（Chinese Protector，後來為華民政務司）、差役及巡捕廳、兵房（Barrack，即軍營）；在英國本土，又有理藩院（或藩政院，Colonial Office，後稱殖民地部）、水師提督門（Admiralty Arch）、漢務參贊（Chinese Secretary）、樞密院（Privy Council）、御林軍（Household Divisions）等等，皆極有漢文化之美。

筆者思疑著，不以歷史傳統作為根據的榮譽和美感，究竟是否真的令人感到滿足？當一切被視為「帝國主義亡我之心不死」的政治不正確，將歷史本身如被美國左膠般「取消」（Cancel）之，那麼這些新的儀式又代表著何種意義？為殘缺身體提供新載體的新主人，何嘗又不是電影劇集當中那些飾演奸角，要人出賣自己的惡魔？前題是這個新身體不信服公共道德的絕對與存在，否定人類心內有對榮譽、美感的追求，那麼這些充斥暴力、威權的正步，何嘗又不是與他們所說的成為悖論？所以英國保守主義作為哲學（Conservatism as Philosophy）而言，保守主義本身並非反對進步、「面向未來」，但是既有傳統與文化應該要在社會和制度上佔有一席之位，因為人類如英國保守主義哲學家艾蒙·伯克（Edmund Burke，1729-1797）所說，需要超脫世俗世界的權威來引導自己的生活。而英國在征服者威廉一千年以來所傳承的保守主義傳統，正為普通人提供一種更崇高的理想與啟發，那些看似繁文縟節的儀式正是打破極端科學主義所帶來的虛無。

當然，在《共產黨宣言》發表及各國共產黨成立以後，他們就「不吃唯心主義這一套」，信奉唯物主義辯證法，亦即是「相信」世界上的一切只是由化學、物理物質組成，而那個無從解釋卻又顯而易見的人類意識（Consciousness）只是化學反應的投射物。與此同時，唯物主義卻變成了他們口中所反對的「宗教」，並且令他們毫無保留地為這種理想奮鬥，成為他們的心魔。他們一方面反對一切宗教的迷信主義、不「科學」、「不理性」的思想，另一方面卻「迷信」並且迷戀於權

力鬥爭，深信奪得權力以後就可以摧毀一切舊秩序，建立起無神論的烏托邦。他們因此並不著重傳統儀式背後所象徵的意義、價值，而只著重其實際效用。歷史上及現時的暴政，諸如屠殺猶太人的德意志第三帝國（Third Reich）、實行共產暴政的蘇維埃社會主義共和國聯盟、熱愛金將軍的朝鮮民主主義人民共和國，往往熱衷於軍事步操的正步，因為這可以用來滿足自己無限膨脹的權力慾，也可揚威耀武，以震攝那些熱愛自由、尊嚴、榮譽的國內外反對勢力。**這些金碧輝煌只是「為做而做」，缺乏任何一絲關懷人文、歷史，又或是純粹一種肢體美學**，明眼人就一望就知「咩料」。所以美感所為何事，頗值得我們去深思。

　　如果審美觀、美感能夠作為衡量一個地方興盛與淪落的標準，那麼香港現時的境況是落得何種田地，就能夠不證自明，令那些似是而非的言論不攻自破。

2022 年 7 月 29 日

維城物語

The Tales of Victoria City: Its Aesthetics and Nostalgias

香港中學文憑考試被視為香港中學生是寒窗苦讀六年聖賢書的會試，亦是告別「不識愁滋味」的少年時代之官方洗禮，並宣告他們即將踏入那萬紫千紅的大專歲月。然而，若不效法前任中國香港的總督的金石良言，就很容易貿然地「跌入圈套」，那自稱為破舊立新的所謂後現代主義革命思潮，終致除迎新營內滿地用過的安全套以外，大學生涯空無一物。2016 年文憑試中文科卷二，有這樣一條作文題目：「有人認為『傳統往往是創新的包袱』。試談談你對這句話的看法。」這是一條具前瞻意識的題目，但令人遺憾的是，盲目追求革命的思潮已橫掃全世界，左翼的革命衛兵高呼：「Vive la révolution!（革命萬歲！）」並將他們口中的舊世界打到落花流水之時，也正在葬送整代年輕人的錦瑟年華及其生命。

無論是共產主義、馬克思主義的左翼，抑或是現時席捲全球的自由主義左翼分子，他們在本質上都是聲稱要打破「舊制度」的雅各賓主義者（Jacobins），他們聲言要打倒舊制度下的暴君，但往往在革命以後的新秩序下擁護了新一位暴君上台，他們的「道德浪漫主義」往往是歷史大災難的開端。在共產革命雷厲風行的十九世紀末、二十世紀初，巴黎公社（La Commune de Paris）委員歐仁・鮑狄埃（Eugène Pottier，1816-1887）創作了一首《國際歌》（L'Internationale），這首歌後來由「武裝保衛蘇聯」的中共黨人翻譯成中文版本，其中有數句曰：

起來，飢寒交迫的奴隸，起來，全世界受苦的人！滿腔的熱血已經沸騰，要為真理而鬥爭！……這是最後的鬥爭，團結起來，到明天，英特納雄耐爾就一定要實現。

然而，左翼的「真理」只能由他們來定義，順之者昌，逆之者亡，他們對其他意見的容忍度只限於支持他們的言論，這基本上是各國左翼政權的縮影，無論是無產階級革命還是自由派運動，皆是同出一轍。

革命教師爺馬克思聲稱宗教信仰是人類社會的「精神鴉片」、「虛幻花朵」，故要拆毀人類自古以來敬天畏神的習俗傳統，因宗教信仰是古代特權階級愚蠢平民心智的心靈工具，是阻礙著人類追求「絕對自由」的最大敵人，無論是如來佛祖、耶和華上帝、阿拉真神、天照大神，這些泥公仔都象徵著人類思想受到束縛。但正如俄國文學家杜斯妥也夫斯基（Fyodor Dostoevsky, 1821-1881）於《卡拉馬助夫兄弟們》（The Brothers Karamazov）所言：「如果上帝不存在，則任何事情都被允許。」許多人以為這句代表他支持無神論的自由主義，卻往往忽略了後一句：「……因為世上沒有一個超越的訟裁者，善惡價值再也無法絕對確立下來，人不是可以為所欲為嗎？」這代表著絕對自由只會帶來絕對混亂，令人在未有任何思想道德制約下，只能根據他們的原始慾望為所欲為。

法國哲學家西蒙‧阿隆（Raymond Claude Ferdinand Aron，1905-1983）在其著作《知識分子的鴉片》（L'Opium des intellectuels）一書中反諷，馬克思主義在批判宗教的同時，其本身變成了「知識分子的精神鴉片」，認為解構主義否定了人類文明的基本進步，包括批評自由、民主投票權；馬克思主義者一邊批判資本主義民主制度如何「吃人」，又一邊支持一些反社會傾向的犯罪行為。筆者認為，西蒙·阿隆的著作雖是七十多年前的作品，但他的話語依然值得借鑑，**一邊批判社會結構的不公義，卻一邊拿著香檳、切著牛排，享受著作為左派高級知識分子的特權；一邊聲稱生命沒有任何有意義的意義，人生唯一有意義的哲學命題只有「自殺與否」，卻又一邊享受著別人認為深感意義的工作的效用。**

左翼分子聲稱他們「看穿」了世界一切事物，資本主義是資本家奴役「人民群眾」的意識形態，國家民族只是當權者愚弄、操控民眾的國家機器，他們所信奉的馬克思主義喜歡「看穿」所有事情，但卻「只緣身在此山中」，拒絕看穿馬克思主義本身。英國文學家既神學家魯益師於其著作《人之廢》（The Abolition of Man）曾言：

> 你不可能永遠都「看穿」事物，看穿某事物的全部意義，在於能夠透過它而看見其背後之其他事物。窗戶透明是一件好事，因為窗外的街道或花園是不透明的。但若你亦能夠「看穿」那個花園呢？試圖「看穿」事情之第一原理（First Principle）是沒有用的。因為如果你能看透一切，那麼一切事物都是透明的。然而，一個完全透明的世界就是一個無形的世界。「看透」萬物就如同看不見萬物一樣。

傳統之所以重要，原因在於它本身代表著人類追求文明時，所累積的智慧與哲理，當「進步」本身失去制約和目標，那麼「進步」本身所帶來的只會是可悲的混亂與自我摧毀，因為它本身視所有合情合理的公共美德、社會規範，以及背後所代表的人與人之間的尊重，為皆可打破的「舊文化」，正如中國文化大革命所造成的人倫危機。美國歷史學家帕利坎（Jaroslav Pelikan，1923-2006）曾言：「傳統存在於與過去的對話當中，同時謹記我們正身處何時何方，一切由我們決定。傳統主義認為，所有事情依循傳統，要從這樣共同的傳統中，達到一致的共識，才能解決問題。」

英國作家柴斯特頓（Gilbert Keith Chesterton，1874-1936）又言：「傳統是屬於亡者的民主……民主反對剝奪人們生而為人的資格；傳統則反對人們的資格因死亡而被剝奪。民主告訴我們，不要忽視一個善人的意見，縱使他是我們的新郎；傳統則告訴我們，不要忽視善人的意見，縱使他是我們的父親。」如今的左翼社會運動，諸如男女平權、種族平等、環保運動、性解放等運動，皆需要製造、標籤敵人為「壓迫者」來供他們擊倒，因此他們只會是卡繆口中那永遠的「反抗者」（L'Homme révolté），永恆流亡在荒野上打倒他們幻想出來的「敵人」，又或視先輩哲理為壓迫「弱勢」的「威權」，並聲然要將其擊倒，所以，他們眼前並沒有一個具有意義而又有歸屬感的身份認同。一些在學院的左翼社會革命者更瘋狂聲稱，興建樓宇時所使用的鋼根是直立的，由此呈現了父權社會的象徵無處不在地壓迫女性；又有一些追隨通貝里（Greta

Thunberg）的環保分子，更用豌豆湯、番茄湯、薯蓉湯於梵高（Vincent van Gogh，1853-1890）等藝術家的名作上，這種毫無意義的自戀性的「引人注意」（Attention Seeking）行為，實在是社會失範年代的產物與悲劇。

劇集《皇冠》第六季第六集〈理想國〉（Ruritania）當中，當英女皇伊利沙伯二世經歷威爾斯王妃戴安娜魂斷巴黎對皇室的衝擊後，一度反思是否擁有千年世襲傳統的皇室並未能與時並進，一度向象徵著「激進」的工黨首相貝理雅（Tony Blair）垂詢改革意見。戲中一向在各個政治場合如魚得水的貝理雅隨即建議皇室廢除許多被認為是「虛職」的人員。當中有許多有趣的職位是確實存在的，例如世襲的獵鷹大師（Hereditary Grand Falconer of England，爵位為聖奧爾本斯公爵，Duke of St Albans）、女皇直屬香草播種官（The Queen's Herb Strewer）、英皇御用潔手官（The Washer of The Sovereign's Hands）、天鵝守護官（Warden of the Swans）、紅龍助理紋章官（Rouge Dragon Pursuivant）、馬察法斯先鋒紋章官（Maltravers Herald Extraordinary）、國家之劍傳令官（Gentleman Usher to the Sword of State）、女皇御用沙灘嚮導員（The Queen's Guide to the Sands）、玻璃及瓷器管事（Yeoman of the Glass and China Pantry）、皇家天文學家（Astronomer Royal）、英皇直屬風笛手（Piper to the Sovereign）等等。但在女皇親自對所有這些「虛職」查探以後，她便對貝理雅有以下一番說話：

我們已經對宮內外所有職位進行過徹底審查，我們所發現的並非難以辯駁的奢靡或豪華，或一系列空洞的理想國頭銜，而是一系列卓越的寶貴專業知識，世代相傳的技藝，其全來自同一個家族，而延續傳承下去的工具就是皇室本身。我們所施加的魅力，以及幾世紀以來所累積的魅力是永恆不變的。傳統是我們強項，尊重我們的先人，保存他們歷代傳承的智慧和學習經驗，現代性並非永遠都是正解，有時候守舊亦然也。

其實這段文字反映一個事實：**傳統本身是對大自然每一公理、奧秘，乃至於社會中人與人之間的距離、人的身份與專業等等事物的尊重。**當這個年代聲言人們不應畏懼「激進」並要打破傳統時，他們又可否意識到先賢先哲當年曾經意會到自身作為人類的局限，古人只能匠手獨運，專注地發揮其本身的天賦才能，來為社會及自己來求得益處，而背後的美德是對天地萬物的謙虛？

現時全球整個世代都在價值、意義失落的年代長大，他們能夠獲得人生意義的途徑，就是在左翼分子的荼毒下，變成了像托洛茨基（Leon Trotsky，1879-1940）般的「不斷革命」（Permanent Revolution）者，致力於完全消滅所有「不平等」、「階級差別」的社會關係，達到一個西方所說烏托邦，或中華所言桃花園般的世界，但於基督宗教而言，正如對早期大公教會教義發展有重大影響的教父聖奧古斯丁（Saint Augustine of Hippo，354-430）於其著《上帝之城》（De Civitate Dei）曾言：「萬物的和平在於秩序的平衡，秩序就是把平等和不平等的

事物安排在各自適當的位置上。」若果我們要追求心靈的和平，那麼應該要回歸人類歷史上先賢先哲所建立的傳統之上，這並非代表要否定了「進步」的重要性，而是在我們沿著歷史的懸崖梯級拾級而上時，我們都能謹記「一失足成千古恨」之理，避免再陷入人類於大是大非上進退維谷的尷尬局面，亦能避免再發生納粹大屠殺、共產暴政的悲劇，他們也曾聲稱其意識形態是「最進步」的思想。

放諸現今香港學生自殺成風的社會悲觀氣氛中，無疑就反映著「遊歷過成年世界」的成年人未能準確地回應他們的呼求，現今年輕人正身陷存在主義地獄之中，他們的鐵達尼號在北冰洋中擱淺，迷惘地高呼：「請帶我們到彼岸處！」而社會的回應只是：「你要找到你的岸碼，加油！」、「你享受冰海的樂趣吧！」不願叫人正視身心靈問題，並叫人將原罪外置身外，那麼一切所謂「陪我講 Shall We Talk」的運動，本質只會是徒勞無功、本末倒置的反智行為。傳統所累積的思想、責任、規範，正是現今社會需要「舉心向上」地驀然回首的對象，「與年輕人同行」的本義並不是與他們走向地獄，而是要像摩西本著信仰和傳統般，引領他們離開那被擄為奴的地獄，將阻隔著人因信而得著榮耀的紅海分開之，並向著那應許之地進發。

2023 年 11 月 16 日，於香港中學生自殺成風之時。

輯二　Vive la révolution!

維城物語

The Tales of Victoria City: Its Aesthetics and Nostalgias

民心所向

Not come to be served,
but to serve.

西漢末年，藉著巧取豪奪而篡取帝位的王莽（前45-23年，9-23年在位新朝皇帝），在「新時代王莽中國特色復古主義思想」引領下，推行了一系列撥亂歸正、正本清源、「愛國者治新朝」的政策，令國家重回正軌、由亂及治。但在後來，由於官方政策與實際民情脫節，結果時人便開始「人心思漢」，憶起漢高祖劉邦（前256-前195年，前202-前195年在位）當年與咸陽人民約法三章的仁德。雖然暴政就像捷克前總統哈維爾所說，暴政從不要求自由人民真心相信他們的謊言，但他們就強制將自由公民納入這個暴政的敘事系統之內，這便達成了他們肅清社會異見之目的矣。不過，人若能夠「活在真實中」，那麼這些自由人民將會是反映社會「民心所向」的最佳指標，雖然前面這個中文成語如同西方「取消文化」（Cancel Culture）般一同被政治正確取消。

英女皇伊利沙伯二世陛下於主後二千零二十二年九月八日主懷安息，駕崩之消息一出，瞬間轟動全球，曾經作為女皇東方臣民的香港人感受尤深，原因在於她是香港人從始到終都極為尊重的「事頭婆」。不少左翼分子（不論是共產黨或者是西方一些所謂的「進步分子」）都指英女皇沒有實權，而皇室制度背後所象徵的意義是帝制時代對人權的壓迫。他們批評、嘲弄那些哀悼女皇的民眾，指這些對女皇懿範充滿景仰的民眾，明顯是受到帝國主義荼毒，他們有著一副「眾人皆醉我獨醒」的岸然道貌。事實上，這些平日高舉人權、自由、平等的左翼分子的包容心，僅限於包容那些完全跪拜在他們

政治鐵蹄下的思想奴隸，而非包容一群捍衛傳統道德、固有原有文化習俗的保守主義者，這些高舉平等旗號的左派分子更將作為人的尊嚴，以冠冕堂皇的政治語言將異己處死之。

十九世紀時，英國憲法學家白芝浩曾經寫成《英國憲政》（The English Constitution）一書，闡述了皇室在君主立憲制下的角色。他指出英國君主立憲制之能夠如此高效地運作，原因是構成英國不成文憲政傳統的兩個部份一直都能夠相互信任和合作。**在此理論下，君主制度是「尊榮的部份」，政府是「有效的部份」（The Efficient Parts），君主制度給予政府擁有存在的意義、合法性和權威，政府則以此權威來管理民眾，確保政府及制度可有效運作，回應國民訴求。**筆者曾在拙著《維城札記》指出，英國憲政底下的君主、政府及人民是三角關係，君主是人民及國家的榮耀與象徵，並由此下放權力予政府及民主體制；而政府則是君主謙卑的僕人，並以君主名義及權力管治國民，接受民主制度規約其權力，並隨時受由國民所選出國會之監督；而國民的義務是納稅、服役，和在戰時保衛國家。

雖然香港在「動態清零」的政治舞台劇之中成為了一個馬戲團，當中不少沐猴而冠的肉食者的黑色幽默亦貽笑大方，令人忍俊不禁，但這個「亞洲的國際大都會」亦可算曾風光一時，而這些風光大都來自英國政府、香港政府這些「有效的部份」。但亦要謹記這些政府都是「女皇陛下政府」（Her Majesty's Government）的一部份，英國皇室透過一些延續了數

百年的不成文憲政傳統榮耀著倫敦政府以及殖民地政府。彰顯榮耀的形式就包括向香港授予正式的官方紋章（Coat of Arms），更重要的是皇室成員的來訪合適時回應民情、安撫民心，以及榮耀這個殖民地，就像英女皇於一九七五年第一次訪港時，於香港大會堂處的演講如此讚揚香港人：

> 香港獨具其特殊環境及因素，經港人歷年奮鬥，乃發展為一現代名城，其過程可謂舉世無雙。港人所遭遇之困難愈甚，則其鬥志益堅、百折不撓，力爭上游於罕見之逆境之中，不苟安於圖存，尋且自力更生、銳意進取，其經濟乃日臻繁榮，民生乃日趨改善。香港之在今日得以蜚聲國際，馳譽世界者，其來有自。至於其生活則多采多姿、燦爛輝煌；其精神則蓬勃活躍、自強不息；其景色則山明水秀、風光綺麗、美譽天下。今日本人與親王得償宿願，誠屬人生樂事，自覺歡欣無限。願藉此共祝全港市民幸福愉快。

英女皇憑藉著她作為君主的權威榮耀著她所到訪過的地方。但值得留意的是，在去殖民主義化的年代，英國視其海外屬土如合作伙伴，多於像古代中國般的君臣關係，在此背景下港督更有權力對抗倫敦政府的決策，擁有獨立的政治、經濟決策權力，不必事事聽從朝廷的決議，皇室訪問（Royal Visit）也只是「訪問」，而非「巡視」般高高在上似的。而在一九七五年，英女皇安撫著正經受六七暴動後的陣痛，鼓勵香港人在充滿機會的時代努力奮進；在一九八六年，她第二次來港便是要安撫剛剛經歷《中英聯合聲明》簽訂後對前途充

滿不安的香港人：「香港明天會更好。」這句說話出自女皇金口之中，似乎比起某位曾被亞洲電視誤報死訊的中共領袖更得到香港人擁戴和認同，當然後者後來也要被人扔壽包了。

評論家阿德里安·伍德里奇 Adrian Wooldridge 在《彭博社》（Bloomberg News）一篇名為〈伊利沙伯二世的革命君主制〉（The Revolutionary Monarchy of Elizabeth II）當中，就指出英國皇室不似斯堪地納維亞（Scandinavia）的北歐皇室般，向現代的自由化思潮作任何妥協。當北歐皇室成員踩單車跑在路上時，英國皇室依然乘坐在由馬匹拉動的黃金馬車上，向民眾揮手，為國家提供一個生命週期的完美敘事系統。正如劇集《皇冠》中，曾經在位過英皇的溫莎公爵愛德華王子（愛德華八世）在英女皇加冕典禮時，在巴黎的溫莎別墅中與賓客交談中所說：

> 聖油與宣誓、寶球與權仗，這些都是象徵中的象徵，是
> 難以理解的神秘儀式，它模糊了許多界線。不論是牧師、
> 歷史學家或是律師，都無法解開這些謎題。（賓客：這
> 實在太瘋狂了！）正好相反，這過程十分理智。若能擁
> 有魔法的話，誰還想要透明度？若能擁有詩歌，誰還想
> 要散文？

筆者認為這點在「上帝已死」之後的世界尤其擁有意義，因為在那些由「法國佬」哲學家牽頭發動的解構主義戰爭，將世間一切意義、價值、目的完全解構時，這些具有意義的國

家儀式就提供了思想、文化的延續性。英國思想家魯益師曾批評這些法國式哲學浪漫主義的思想：

> 你不可能永遠都「看穿」事物，看穿某事物的全部意義，在於能夠透過它而看見其背後之其他事物。窗戶透明是一件好事，因為窗外的街道或花園是不透明的。但若你亦能夠「看穿」那個花園呢？試圖「看穿」事情之第一原理（First Principle）是沒有用的。因為如果你能看透一切，那麼一切事物都是透明的。然而，一個完全透明的世界就是一個無形的世界。「看透」萬物就如同看不見萬物一樣。

　　左派分子或許會認為皇室禮儀是一堆繁文縟節，但他們堅持此原則同時，亦代表著左派本身已經正走向知識懸崖，因為「知識」本身在他們的權力理論當中，也是可以被解構之事物，他們在手持著知識的同時批評知識之不公義，他們認為「知識」本身代表著公權階級壟斷權力，然而他們依然堅持著他們的知識，而且建構著一個更宏大而且更不切實際的知識系統，來維持著他們的社會權力，說到底，身體依然是最誠實的。或許，他們最終只會變成毛澤東所痛恨的「臭老九」，在「大鳴大放」的陽謀之中永不翻身，因為他們所信奉之事本身就自相矛盾。

　　而在這個思想失範的世界，英女皇代表著艾蒙・伯克所指保守主義傳統的文化傳承，終英女皇伊利沙伯二世之一生，她一直都恪守著她二十一歲時在南非向全英聯邦人民

所許下的承諾，那就是她將終身服務於英聯邦以及為之獻身，因為這是屬於英聯邦全體人民的「帝國大家庭」（Great Imperial Family）。這種為信念而奉獻自己服務他人的精神，亦刻在作為皇儲時所封受爵位的威爾斯親王紋章之上：「Ich Dien」，他們服務的重點並不似那句陳腔濫調的「助人為快樂之本」，很明顯地，為國家服務對英女皇除了是快樂以外，更是一種具有意義的滿足感。又正如德國哲學家康德於其著《道德形而上學基礎》（Grundlegung zur Metaphysik der Sitten）中所指出一樣，人應該是目的本身，而非滿足某目的之手段。因此，英國皇室一直堅持的貴族文化傳統，亦即為國家及國民服務的奉獻精神，扎根於這個理性的文化哲學傳統。而在兩次世界時，許多貴族子弟亦本著這份服務精神，於法國、大西洋、東亞戰場上英勇殉國。這種「我願效勞」的文化傳統，頗似宋代中國文人范仲淹（989-1052）《岳陽樓記》那句：「先天下之憂而憂，後天下之樂而樂。」的情操。

雖然英女皇位極一國之君以及英國國教會之最高領袖，但她的身份首先是一位平凡的基督徒，每個人在上帝耶和華面前都是平等的，因此，她步入教堂祈禱、面對上帝時，與其他平信徒一樣都是需要向上帝跪下的。《聖經》中有一句經文點出了基督徒君主應要有的態度：「不要志氣高大，倒要俯就卑微的人。不要自以為聰明。」連作為上帝之子的耶穌基督雖然擁有行神蹟的力量，他本身都要為門徒洗腳，一個終將歸於塵土的地上君王也算是何人？這代表每個人一生皆有其任務需去完成，皆有其目的、意義支撐著其終將腐朽

的身軀。澳洲作家莎伯（A. B. Shepherd）在其著作《救生艇》（Lifeboat）當中便有一句，總結了每個人雖然都是生命的過客，但如何令此生充滿價值、意義、目的，她就如此説：

> We are all visitors to this time, this place. We are just passing through. Our purpose here is to observe, to learn, to grow, to love...and then we return home.

> （於時光洪流之中，我們皆為過客。此生一遊於此，只求能有所觀、所學、所長、所愛，然後滿載而歸到天家。）

英女皇伊利沙伯二世一生歷經數場戰爭，從二次世界大戰到福克蘭戰爭，再到現代的烏俄戰爭；在君主立憲制底下，作為「尊榮的部份」的她一生共任命十五任英國首相，見證了大英帝國轉型為英聯邦的去殖民主義化時期。昔日不可一世的大英帝國曾經擁有不同膚色的臣民：居住在洛磯山脈下那些曾經在美洲叛亂（美國獨立戰爭）期間最忠於英國皇室而遷往加拿大的美洲臣民、那些在印度烈日下炫耀著財富和權力的印度王公、那些在中華帝國南方邊陲地帶敬業樂業的香港人、那些曾作為本國囚徒流放去牧羊的澳洲人等等。雖然英女皇治下的英國不再擁有以前帝國主義時代傲視天下的氣魄，現時這個英聯邦的各個成員都信奉現代的政治價值觀：民主、自由、繁榮、文明。雖然他們並不會以黃色大字寫成的紅色橫額貼在街頭上的每個角落，但這些前英國屬地的主

權國家人民都深以這些價值為傲，亦以此為常。

　　「你必汗流滿面才得餬口，直到你歸了土，因為你是從土而出的，你本是塵土，仍是歸於塵土。」（創世記第3章第19節）塵歸塵，土歸土。英女皇伊利沙伯二世走過了九十六個春夏秋冬，雖然這朵都鐸玫瑰並無百年紅，但是她卻是一個極其盡責的基督徒與君主，她以她的皇冠榮耀了上帝賜予人間的恩典。不論是當年何文田愛民邨一睹女皇懿容的街坊，或是曾在摩士公園泳池穿著泳衣與女皇交談的「細路仔」，香港人能有幸在那四十五個春秋與女皇同行，是香港歷史上的極大榮幸。

　　　　　　　2022年9月10日，於英女皇伊利沙伯
　　　　　　　於蘇格蘭巴摩拉城堡（Balmoral Castle）駕崩之後。

輯
三

一生人一次

十六世紀人類的科學革命進行得如火如荼以後，時間的每分每秒都被數字和科學量化計算，人類從此失去了關於「永恆」的感覺、概念。美國文學家馬克‧吐溫（Mark Twain，1835-1910）曾說：「歷史不會重複，但會押韻。」每分、每秒點滴逝去，所有事情在此數秒之間，都無法再被挽回。無論是否「沒練習太耐」，感覺都只會是「追不回來」，因此感覺只能是「相似」，只非「相同」。

日本作家谷川俊太郎與妻子佐野洋子合著的《兩個夏天》，載有一篇〈夏天來了〉，當中充滿夏日對時間的沉思：「說不定其實一輩子只有一次夏天，每次夏天來時都夢想這次就是了。每次結束之後卻都不覺得那是一輩子只有一次的夏天，就像車子停靠的地方不是自己要下的車站一樣。」夏天是陽光與海灘的季節，熱情過後又是每分每秒的消逝，步向秋冬這種令人抑鬱萬分的冷落清秋節，叫人如丹麥的有神論存主義者齊克果（Søren Kierkegaard，1813-1855）般想將自己一槍打死。

在二零一九年六月被診斷患有輕度抑鬱症時，筆者開始食藥展開「電腦大爆炸」生活，第一下感覺依然歷歷在目，思索著：「我好像即將向過往數年抑鬱生活的自己告別，那麼那活在未來的自己，又將會是何等模樣呢？」後來便毅然自己跑到日本關西和歌山旅行，前往偏遠的加太地區，登上位於大阪灣與和歌山灣之間的友之島，漫遊白濱海灘之後跑到

熊野水軍的千疊敷、三段壁，之後又走到當年逃避暴政而東渡日本的徐福所居之新宮。

天天清早最歡喜，提起勇氣和背包告別民宿，就像沙灘上的寄居蟹，登上那早班火車，沿途是充滿繁花香味的小道，難定下出遊的夢醒日期。每一下心跳，每一個感覺，每一個時刻，都如此消逝，被如此告別，這些事物的永恆在於它們曾經物理存在過，心理將繼續延續這些故事。

沒有時鐘的世界，象徵著絕對自由；沒有時間的事物，象徵著絕對永恆。若人要活得自由，那請你誠實、負責任地面對自己每一個真實的想法和感覺，讓自己從永恆之中活著。這種活著的感覺既受塵世污染，又是潔白而無瑕的，前者是進入永恆的代價，後者是生命的本質。

2022 年 5 月 28 日，修改於 2024 年 4 月 16 日。

輯三 一生人一次

維城
物語

The Tales of Victoria City: Its Aesthetics and Nostalgias

塵土歸塵土

電視劇《幕府將軍》（Shogun）第六集〈花柳界的女子〉中，名妓菊子在接待三浦安針時，曾對其僕女說出極具日本物哀式美學的語句：「你看的是『酒瓶不在了』，存在感最強的時候是不存在的時候。」當人意識到自己有「不存在」的可能性時，便是意識到自己在當刻正存在著的事實，恐懼「死亡」實際是恐懼自己「不存在」的未知感覺，這將籠罩著人一生各個片段。英國著名浪漫主義詩人雪萊（Percy Bysshe Shelley，1792-1822）曾寫下一首名為〈奧斯曼迭斯〉（Ozymandias）的詩，其曰：

> 客自海外歸，曾見沙漠古國，有石像半毀，惟餘巨腿，
> 蹲立沙礫間。像頭旁落，半遭沙埋，但人面依然可畏，
> 那冷笑，那發號施令的高傲，足見雕匠看透了主人的心，
> 才把那石頭刻得神情惟肖，而刻像的手和像主的心，早
> 成灰燼。像座上大字在目：「吾乃萬王之王也，蓋世功業，
> 敢叫天公折服！此外無一物，但見廢墟周圍，寂寞平沙
> 空莽莽，伸向荒涼的四方。」

該首詩的背景是以古埃及法老王拉美西斯二世（Ramesses II，前 1303- 前 1213 年，前 1279- 前 1213 年在位）強盛時期為背景，旨在說明人類的豐功偉業無論如何照耀天上群星，那些刻劃著千古風流人物英偉事跡的雕像，終將在時間的消逝中被人遺忘，而死亡終將消滅人類個體所擁有的一切理性、感性事物。

劇集《皇冠》內，英國首相邱吉爾談及英皇佐治六世的肺癌時，曾說一句引人深思的話：「我們全都命不久矣，這定義了活著本身的條件。」這呼應了德國哲學家海德格（Martin Heidegger，1889-1976）在《存在與時間》（Being and Time）的觀點，**海德格指出生命本質就是「向死而生」的過程，每個人的出生就是為等待著死亡的降臨，每過每一分、每一秒，我們與死亡的距離則愈來愈近。**由此可得出一個結論，生命與死亡本來是一體兩面。

死亡像幽魂般揮之不去，然而，絕大多數人面對「死亡」時，都會採取以下幾種態度。第一，混淆「死亡」與「痛覺」的概念，他們會如此回應死亡，曰：「為何我會害怕死亡？因為我害怕痛。」但是，若果死亡過程就像中國香港前特首林鄭婦人所說般，能夠在睡夢中「壽終正寢」不帶任何痛楚離世，那麼「死亡」與肉體是否感到痛楚就沒有關係；第二，將「死亡」外置化，即是將他人之死視為事不關己的新聞，縱使自己對他人之死會有情緒，但未有即時察覺，同樣形式的「死亡」最後亦會發生在自己身上；第三，視「死亡」為遙遠之事，因為死亡只會在人老珠黃之時才發生，故於年輕時多想則無益，倒不如活在當下。這忽略了「死亡」可以隨時發生的事實。

對「生與死」問題的本質，中國儒家先哲孔子曾曰：「未知生，焉知死乎？」在他的角度看來，人若不能掌握「生」的本質，則不能理解「死」，死亡是人類窮盡一生所學、所思，

來嘗試理解及回答的問題。但是於深受存在主義影響，但又信仰基督宗教的筆者而言，將孔子之言調轉為「不知死，焉知生」也不為過，因為如果人不嘗試去理解「死亡」，並為此尋求答案，他亦難以為「生」本身尋得答案。不少人攻擊基督宗教的信仰內容不切實際，但是基督宗教是早期能夠察覺存在危機的其中一個信仰，這點體現在《聖經》〈傳道書〉的經文上：

> 虛空的虛空，虛空的虛空，凡事都是虛空。人一切勞碌，就是他在日光之下的勞碌，有甚麼益處呢？一代過去，一代又來，地卻永遠長存。……萬事令人厭煩，人不能說盡。眼看，看不飽；耳聽，聽不足。已有的事後必再有，已行的事後必再行，日光之下並無新事。豈有一件事人能指著說「這是新的」？哪知，在我們以前的世代早已有了。已過的世代無人紀念，將來的世代後來的人也不記念。

人類在面對死亡以及時間的限制上，自身存在好像是不值得刻在千萬年的時間流逝中，但於當刻時空「正存在著」的自己而言，事情又好像不是如此。而死亡從來是存在主義所回應的問題，因為死亡代表著人所做的一切事情，終將歸於「不存在」當中，而沒有人能夠成為逃避問題的例外。瑞典裔聯合國前秘書長韓瑪紹 (Dag Hammarskjöld，1905-1961) 在兒時渡過除夕夜時，已能從一句聖詩歌詞「黑夜將到」，立刻意識到到死亡其實與自己人生是密不可分的。他在處理國際紛爭時，曾言：「說到底，對死亡的看法決定了我們在人生

中所面臨的所有問題的答案。」因此，不知將於何時降臨的死亡，實際上定義著我們當刻的生活。如果，我們在前往死亡的朝聖之旅期間，究竟又何去何從和安身立命呢？

　　由於我們無從得知死亡降臨到自己身上的確實時間，也許今天，也許明天，也許明年，又也許像《巾幗梟雄》中柴九所咆哮一樣：「一生有幾多個十年！」然後張學友以一首〈又十年〉回應：「一生有幾個理想能夠扛得住歲月，還不如好好地過愈來愈少的明天。……時間它殘忍起來毫無道理可言，……一眨眼，又是一個十年。那些轟轟烈烈，讓人懷念已經跟我沒有關聯。」生命在渡過許多個十年的春夏秋冬以後，便悄然落幕。筆者因此不時恐懼著夜幕降臨後的睡眠，因為睡眠與死亡在本質上有驚人的相似之處：閉眼以後，身體上的聽力、觸覺、嗅覺等等各種官能的敏感度下降，精神上的意識力開始模糊，在難以察覺到「時間」存在的情況下，思考和感覺陷入間歇中斷的狀態之中，如同死亡一樣，陷入在時間上的永恆靜止，愛因斯坦（Albert Einstein，1879-1955）的相對論因而得到主觀的證實。

　　死亡的奧秘在於人終能在此去察覺、思索著，身體與靈魂的界限。假設靈魂並非只單單是一堆化學物質互相產生作用的幻象，而是實際上情感、思緒及人精神面貌的本質，那麼靈魂能夠在缺乏殘破身軀的情況下，繼續以另外一種形式存在？抑或，生命就像佛教《般若波羅蜜多心經》所說：

> 舍利子！色不異空，空不異色；色即是空，空即是色，受
> 想行識亦復如是。舍利子！是諸法空相，不生不滅，不垢
> 不淨，不增不減。是故，空中無色，無受想行識；無眼耳
> 鼻舌身意；無色聲香味觸法；無眼界，乃至無意識界；無
> 無明，亦無無明盡，乃至無老死，亦無老死盡。

　　從虛無而生之後，生活在「諸法皆空」的虛無之中，最
後又在虛空之中消亡，回歸到那人類彷彿微不足道的宇宙之
中。但是，如果為脫離佛家所說的輪迴，視身體為受苦的原
因，從而否定人與生俱來的七情六慾，那麼正如汪精衛於〈述
懷〉所詩：「形骸有死生，性情有哀樂。此生何生為，此情
何所托。」所有事情之意義皆歸於虛空中，又或所有在世的
靈性修行，即將隨著死亡而消逝，那麼我們又「焉知生」呢？
話雖如此，我們在世時面對苦難時，雖然能夠從孔教儒者、
佛教尼姑和尚、伊斯蘭教伊瑪目 (Imam，即教長之意)、基
督新教牧師、天主教及東正教神父，又或猶太教拉比 (Rabbi，
意指猶太教宗教導師) 等等智者身上尋得智慧，但是於死亡
而言，無人能夠將死亡過程與經驗告知，因為能如此做的人
都已經死了，而每個人最終都會死，死亡就由此輕輕拂著它
的神秘面紗，讓人寢食難安。

　　死亡這個議題是基督宗教被人經常攻擊、質疑之處，在
於耶穌基督在十字架上被釘死三天後復活，在現代科學及醫
學而言是不可思議的。但是從歷史文獻而言，當時敵基督的
羅馬帝國裡有許多歷史文獻，如約瑟夫斯 (Flavius Josephus，
37-100)《猶太古史》(Antiquitates Iudaicae)、塔西佗 (Tacitus，

56-120）《編年史》（Annales）皆記載了耶穌基督復活升天的事跡，證明耶穌其人其事在歷史上的可信性。而復活升天的奧跡之所以難以被理解，原因在於耶穌竟然能夠逾越生與死之間的界線，他戰勝死亡的毒鉤和權柄，他在陰間向亡者宣講福音，回到人間囑托使徒繼續在世作鹽作光，然後光榮地回到天上坐在聖父之右，掌管世間千萬事。此為許多基督徒帶來新希望，在於基督徒不必再恐懼死亡會終斷了所有故事，每個人屬於自己的故事，都能夠以某種未知的形式延續下去，與上帝的故事和諸靈的朝聖之路結合起來。這正如華人神學家謝扶雅（1892-1991）所說，在耶儒互補的概念之下，信靠「道成肉身」耶穌就能成就儒家學說中所說的「天人合一」，在邁向死亡的道路上我們並不孤獨。

在此作為基礎下，如果死亡是每個人終其一生都無法擺脫之事，而每個人的永恆價值與存在在於其為世界留下足跡，如英國神學思想家魯益師於其著《返璞歸真》（Mere Christianity）所言：

> 如果我發現自己有一種慾望，而這個世界上任何經歷都無法滿足這種慾望，那最可能的解釋是，我是為著另一個世界而生的。如果塵世快樂不能滿足之，亦不能證明宇宙是個騙局。也許塵世快樂從非為了滿足此慾望，而是為了喚醒它，並指向最真正重要之事。如果如此，我必須在一方面永遠不要輕視、不感恩這些塵世祝福，另一面又不能將它們誤作他物，它們只為他物之複製品、回音或海市蜃樓。我必須讓自己保持對真正天國的渴求，而我只可於死後才

可尋得，我決不能讓它被雪藏或遺棄。我必須向那天國前進，並幫助其他人亦如此行，作為生活的主要目標。

每過一天，我們與死亡的距離則更為接近，因此在實際上，**我們每一天都需要比昨天更有勇氣地繼續生活**，更清楚自己此生在時間限制下，在此世界、社群、家庭上的位置，以此來追求不屬於這個世界的榮光和價值。否則我們只能永遠沉淪在浩瀚的太平洋當中，永遠找不到自己應當前往的碼頭。

而在〈馬太福音〉經文上，記載一段耶穌被聖靈引領到曠野並被魔鬼試探的故事。魔鬼在曠野三次試探耶穌，第一次叫耶穌將石頭變成食物，耶穌拒絕並說：「人活著不是單靠食物，而是靠上帝口裡所出的每一句話。」；第二次試探時，魔鬼叫耶穌從聖殿頂端跳下去而不死，來證明自己是上帝之子，耶穌再次拒絕後說：「不可試探主——你的上帝。」；第三次試探則是整段故事的高潮，耶穌登上了極高的崇山峻嶺，眼前盡是萬國金碧輝煌的雕欄玉砌，魔鬼說只要耶穌肯跪下，這些金銀財寶、屬世權柄全是歸耶穌的，耶穌此時竟能夠以此橫眉冷眼面對眼前一切，認為這些事物連同人本身在時間殘酷的限制，終將盡成灰燼，萬國的金銀珠寶又何足掛齒？因此，他再三嚴辭拒絕並斥退撒旦。這正是他早已看透生與死，認為追求屬靈的生命榮光其實比起滿足屬世的單純慾望更為重要。故此，普世基督宗教每年的大齋期 (Lent)正正提醒著每個人死亡後終將「塵歸塵，土歸土」，要認清

自己的真正目標，並以此「追趕生命裡一分一秒」。

或許，不是每個人都像英女皇伊利沙伯二世般擁有華美的國葬儀式，如有整支蘇格蘭風笛隊一邊吹奏〈薄霧群山〉（The Mist Covered Mountains）為你引路，而舉國民眾又連綿十里來夾道迎送自己的靈柩走完人生最後一段路，後至溫莎堡聖佐治教堂（St George's Chapel, Windsor Castle）回歸自然。雖然人在身份地位上有高低之分，惟於生命本質上卻無貴賤之別，死亡就更不分高低貴賤地入於同一泥土。但望在時間的殘酷摧殘下，我們每一天都比起昨天活得更有勇氣，在生命絕境中尋得一處逃生門，在真光的帶領下，來滋長正義的根本，孕育美善的蓓蕾，綻放智慧的英華，傳揚主愛的芬芳。

筆者並不知道自己彌留之際會是何等模樣，但希望屆時自己一生已有所成、有所學、有所長，一生的任務已經圓滿完成，即使撒手歸天也無憾此生。然後，在欣賞著那一朵象徵著死亡的血紅色彼岸花時，能安然回歸到造物主的奇妙世界。Perhaps, death can only make me better and stronger.

2024 年 3 月 24 日，
於大公教會大齋期棕枝主日（Palm Sunday）之後。

輯三　塵土歸塵土

救贖真光

　　猶記得《魔界女王候補生》的那一片喬艾爾森林，鄰近這片森林的香薑村因為受到來自北方的邪惡勢力：奧貝爾族人的黑色勢力所影響，經常都要生活在這片陰霾底下。而喬艾爾森林則從小橋流水人家式的中世紀森林，變成了被冰封的冰雪森林，此處人跡罕至，此處是通往那遭受迫害的邊境之地的唯一路徑。過去，這個樹林中的桃紅醬果曾經受到小孩子極大青睞，是在整個光明之都洛華約梅都相當受歡迎的地方土產。充滿熱情、色彩的醬汁，在果皮內的脈搏奔流，如今卻像北極永久凍土般被永遠囚禁在這個殘缺的軀殼，在這個灰銀色森林生如永恆星體，悠悠沉睡古今。

　　佛門的《般若波羅蜜心經》曰：「舍利子，是諸法空相。不生不滅，不垢不淨，不增不減。」原本這位牧童也是在天地父母的孕育下所生來的，物理上、心靈上都沒有世人所説的父母，也就是達爾文所説進化論的產品，雖然不知進化自何物。在這個無邊、無涯、無遮、無掩的荒野當中，被冰封的喬艾爾森林是他唯一能夠生存的地方。那處充滿被巫師詛咒的洪水猛獸，充滿了來自但丁地獄的天使，他們的主子是撒旦。曾經跳動的心瓣被掏空，它曾盛載浮世間萬千柔情，或與這充滿黑暗的人間煉獄打成一片，又或在黑暗中被冰封沉睡，因為太陽耀眼的光彩對他是種極大的傷害，因為他從來不屬於太陽。

　　這位牧人在過去曾牧養獨角馬，這匹獨角馬猶如他的童

年般純潔，但這個潔白無瑕正是黑暗的反面，因此，現今他就牧養地獄惡犬。為了分享痛苦的滋味，不時也放縱這些惡犬到香薑村咬人，因這就代表他有人為伴，只因他們同受這種被黑暗吞噬的痛苦，這令他感到痛快無比。因缺乏水分而枯萎的老樹搖搖欲墜，卻又堅固無比、崩而不潰，烏鴉連群結隊地在樹枝上歇息。淚水與心絞痛是維持生命形式的必須品，他躺在以枯枝堆砌而成的祭台，等待撒旦來奪取這生存在殘忍大自然的一條生靈，但必須強調的是殘忍是合理存在的，因為殘忍自有自身存在的邏輯。

撒旦向他呼喚：「親愛的，每個人都有擁有自己的自由和正義的，你能夠決定自己生命的本質和形式。」由是，在這片接受撒旦統治的國度下，天空掉來了一個黑色的惱恨之心。掌握著陰間世界的胡狼頭大臣阿努比斯拿著小刀向他走來，即將就像《加勒比海盜》那個可憐的戴維鍾斯船長般，將自己的心裡割下來，當作向撒旦獻上的活祭。但現在不同的是，這位牧人即將有一個全新的惱恨之心，將會對光明擁有一股永不歇息的憎恨。也許這個猶如薩滿教的神秘主義儀式將帶領他到達新境界，就像中國民間傳說般飲下孟婆湯之後，屬於塵世的舊事和記憶將會被忘記，連同恩怨情仇都付諸大江東去。

世間充滿了邪惡與光明的相爭，邪惡往往會戰勝光明，光明又往往蠢蠢欲動，希望戰勝黑暗，但這種對立、拉扯又是至為痛苦之事，只因兩者進退失據。波斯薛西斯的色界，

商紂王的酒池肉林，美國愛潑斯坦的「天堂島嶼」，那是能夠滿足無限色慾的萬千世界，女色就像明武宗豹房中的老虎般對男子飛禽大咬；無論是中國宮廷的腥風血雨，還是中世紀黑暗時代的羅馬宗教裁判所，社會達爾文主義的「弱肉強食」世界是多麼吸引，一旦執掌權力就可以擁有至高無上的威勢與財富，就像資本主義的華爾街大亨般，順我者昌，逆我者亡。

當所有希望都隕落之時，一股強大的聖光突然出現，穿越原先被認為是牢不可破的灰暗森林。就像電影《魔戒》中重生的甘道夫般，那個人正在騎馬尋找那些在森林迷路的人，一股象徵著復活、純潔的光明，穿透了在空氣浮游的黑色病源體，穿透了由無數細胞組成的肉體，異形要以人類作為寄生體的陰謀將不會得逞。這個殘缺的肉體與那股閃爍光輝之間，與世界接通的橋樑憑空建成，而明明它並沒有科學證據、哲學基礎能夠支撐它的存在。祂說：「你是時候離開黑暗了。」世人常說，歐幾里德的線性時間是人類的悲劇，秒針的時間界限將無法被突破，但這股存在於時間以外的聲音在心底自然發出。這道聖光發出的一瞬間，將喬艾爾森林的黑暗與邪惡徹底沐浴洗淨。

一個白袍鬍鬚佬向這個牧人走來，他跟祂說：「主啊，離開我吧，因為我是個罪人！並不值得這種潔白無瑕的聖光，也不屬於太陽的樂園，人類本就生存在地獄之中，我也當活在這裡！」祂說：「來跟隨我吧，我要叫你活在地面時，

就像活在天上一樣。」心在此時此刻不再是黑水蔓延之地，反之變成一座在荒漠的甘泉一樣，充滿喜樂、平安的甘泉在心底流出來，桃紅醬果恢復了它本來的面貌，讓吃它的人感受到甜的味覺。「狂風激浪高千尋，洪濤暴雨衝我身。」縱使如此，也阻礙不到這位牧人放下他那自怨自艾的浪人琵琶與木笛，往黑間中的那點星光走去，只因他願如祂般堅定。

曾經溺水的人害怕下水，因為受到傷害的記憶就像幽靈般，在腦海中揮之不去。牧人跟隨著祂帶領，走出殘忍的喬艾爾森林，從此以後，他再也不缺乏。此時此刻，不再躺在那個被遺棄、被遺忘、被遺留的冰封湖面上，而是躺臥在青青草地上，在可以感受到安然歇息的多瑙河邊，飲用自瑞士雪山流下的純淨水源。內在的靈魂得到外在動力的更新，真正的靈魂得到甦醒。他不再帶著驚恐來穿過那死蔭的幽谷，因為這個白頭鬍鬚佬的權杖，一直引領著世人向前，命令那些作為亂臣賊子的邪靈退下。

他問祂：「在晚星墜落徬徨午夜，沒有你在身邊的迷霧之中，我自己怎能獨力走下去呢？」祂說：「我將這些事告訴你們，是要叫你們都在我裡面得平安。在世上你們有苦難，但你們放心，我已經勝了這世界。」在經過高山幽谷以後，前方林蔭大道的人潮是他未曾看過的。「上前加入隊伍吧！就像我在那被遺棄的幽林中發現了你一樣，呼召你回歸這個朝聖的集體遊行之中。」華格納《愛麗莎向教堂邁進》的聖詠在耳邊響起，眾人一同高舉著微弱的蠟燭，在以星光編織而

成的大道前行，燈光與星光互相交叉，這片光海照亮了在宇宙那冷酷無情的邊緣角落。

一切生物都有了各自存在的意義，因為他們是被蒙受恩寵的被造物。「是亦彼也，彼也是也。」他們的生命既屬於自己的，又不屬於自己的，因為是如此獨自地存在，又互相交錯地存在。世人在茫茫大海中心溺水，但他們都拒絕被拯救，卻又同時迷惘地、絕望地渴求有一個碼頭供他們游向，在漫無目的的荒野中尋找甘泉。但這無論是行為還是動機上，那將注定是日本式的徒勞而已。救生艇一直都徘徊在他們身旁，但他們有眼卻不能看見，因為眼睛被蒙蔽；有耳卻不能聽見，因為只願聽到悅耳的聲音；有心卻是麻木不仁的，因為要避免受到世俗的傷害，但卻忘記了這是尋找愛的代價。「願豁出生命，願意擔起枷鎖。」如果這個合乎真理的枷鎖，能令人擁有真正的自由、實在的意義，那麼人就會義不容辭地說：「我願意！」就如同那些在教堂、婚姻註冊所中宣誓的人一樣，堅定地、毫無猶豫地向眾人宣告他願意服膺的原則。就如此，這位曾經服侍邪惡撒旦的人，從此走向屬於光明的永恆，擁有得勝的永生。

2022 年 6 月 24 日，於決志領受聖洗禮之後。

輯三　救贖真光

以神之名

在《聖經》的記載當中，居住在黎凡特地的撒馬利亞人之中，有一個名為西門（Simon the Sorcerer）的人自稱為「神的大能者」，並運用了許多邪術來騙取許多百姓的依附。後來西門看見福音者腓利（Philip the Evangelist）所傳的福音以後，也在名義上歸信了耶穌基督。西門曾經希望用錢賄賂使徒彼得（Peter the Apostle，1-67），希望彼得將傳福音的權柄給他，但彼得義正辭嚴地拒絕及駁斥之：「你的銀子和你一同滅亡吧！因你想神的恩賜是可以用錢買的。你在這道上無分無關；因為在神面前，你的心不正。」（使徒行傳第 8 章第 9 至 24 節）最近 Netflix 的一套紀錄片《以神之名：信仰的背叛》（In the Name of God: A Holy Betrayal），令韓國邪教攝理教（Christian Gospel Mission，又稱為耶穌晨星會，Jesus Morning Star）教主鄭明析滔天的性侵罪行再度曝光於世。鄭氏自稱彌賽亞的舉動，實際上引起了人對於基督宗教一些神學概念的迷思，那就是正統教會與異端的界線究竟在何處。

八十年代的香港有一首名為《難為正邪定分界》的廣東話流行曲，由著名音樂家顧嘉輝（1931-2023）作曲，以及著名詞人鄭國江填詞，當中有句：「世界腐敗，犯法哪需領牌？（看吧邪力正強大）法理若在，為何強盜滿街？（看吧強盜滿街）」這首歌的歌詞就表現了一個正常人面對世界腐敗時，對於自身所堅持的信念的質疑。筆者在大學深陷抑鬱症的無底深潭時，曾經問過一條頗為存在主義的問題：「當一個正常人生活在極不正常的社會當中，而這個不正常的社為常，

那麼『不正常』的，是那一個人，還是這個不社會？」在這個反對真理的後現代主義社會，似乎高舉真理的旗幟會被大群攻伐，他們攻伐「真理」是被權力建構的話語權，或攻伐「真理」只是一堆不理性或被「權力」所支配的信條、不平等關係。

結果，這些言辭卻忽略了「真理」本身是具有排他性的事實，在邏輯上，一件正確的事情並不可能同時是錯誤的。尋找真理在某程度上是一種信仰行為，如齊克果所指出的，他認為透過完全的理性或完全的感性，將不會導人至真理，而「真理」某程度是一種個人主觀的「信心的跳躍」（Leap of Faith）。「跳躍」是人向著一個為信實真理的目標前行，雖然世上有一個「真理」是人主觀意志上需要選擇或決定「是否相信」的，但「真理」本身卻非完全由個人所決定，而無客觀標準所訂明。但美國哲學家威廉‧基克（William Craig）同時間指出，**若非真有上帝存在，人所本持的價值觀，包括一切意義、價值、目的、道德，將沒有永恆的根本價值支撐著。**這些永恆的客觀價值並不是由人主觀本身所產成，而是由創造萬物的上帝而來，因此，每個人投入一個信仰、哲學體系的舉動是主觀決定的，但是真理本身應該是客觀的。

否定客觀真理的存在所導致的後果，卻是許多異端邪說利用了法國社會學家涂爾幹的現代社會失範所導致的人類思想真空期，在「破四舊」同時又未「立四新」期間的思想混亂期間，人類利用此來自己行一切可恥、腐敗的行為提供養分，

因為並無客觀標準去指責他們是客觀錯誤的。又如英國神學家魯益師在《人之廢》（The Abolition of Man）一書中所批評的，現代人將道德標準、真理視為完全主觀的「個人品味」，那麼我們將失去批判納粹德國大屠殺的理據，因為納粹黨亦主觀地認為自己正確，並將他們的種族優生主義奉之為正統真理。如果價值主觀論是成立的話，那麼攝理教教主鄭明析聲稱：「如果你們看不見上帝，那怎麼辦？那就看我，上帝就在這，知道嗎？」這番說話，我們亦無法以任何道德標準來批判他的罪行。正如聖公會及許多新教教會所強調的，在真正的基督教信仰底下，基督徒要跟隨的是主耶穌基督，而非牧師、神父本身，因為神職人員若崇拜魔鬼的話，羊群也會一同墮落。

以「攝理教」這個新興宗教的名稱來稱呼由鄭明析建立的邪教，也許會令人對於異端的警戒心提高許多，尤其在國際的廣大重視下。但是若他們以其正式名稱「基督教福音宣教會」示人呢？或者許多人都會以為是一個基督新教的福音派（Evangelical）教會。這也許是德國的馬丁·路德（Martin Luther，1483-1546）、瑞士的慈運理（Ulrich Zwingli，1484-1531）及加爾文（John Calvin，1509-1564）等宗教改革家在反對羅馬天主教教廷的專制時，所未能預見的事情。因為當傳統教會的神學權威、權柄被否定，而當所有祭司都是缺乏正統訓練的平信徒時，那麼教會的信仰很容易被許多異端色彩所影響，甚或部份別有用心的人士將「以神之名」來行一切違反真理、《聖經》以及信仰的可恥行為。

然而，若從後現代主義、多元主義去探討基督信仰的正統與異端問題的話，決不會有任何有意義的結果。耶穌的使徒們在早年不停對外宣教，如保羅（Paul the Apostle）向外邦的羅馬人宣教、彼得向猶太人宣教、多馬（Thomas the Apostle）往印度宣教等等，故此早期教會有五大牧區，包括羅馬教會、君士坦丁堡教會、亞歷山大教會、安提阿教會、耶路撒冷教會。早期教會的組織並不如後來西方羅馬教會般中央集權，而是分散在各地，並以各地長老作為教會牧首，各有其神學特色。在《聖經》正典尚未成形之前，使徒的生活只能靠著口耳相傳的記憶、聖傳，以及耶穌使徒的教訓，來實踐在信仰內的生活，他們的聖餐禮（Eucharist）結合了禮儀、團契、服務三個元素，這能夠體現在流傳後世的以古敘利亞文撰成的早期猶太裔基督徒文獻《十二使徒遺訓》（The Didache）之內。

　　在教會本色化、在地化的過程當中，教會面對外邦文化傳統的衝擊下，教會信仰不時會出現偏差，這種偏差便是令異端萌芽的養分。未召開普世大公會議（Ecumenical Councils）的早期教會年代，出現了許多偏離正統信仰的異端思想。這些異端思想比起正統信仰來得更為全面，他們熱衷於完全解釋信仰的所有內容，忽視了人與神之間有一條無法逾越的界線。例如異端諾斯底主義（Gnosticism）所提倡的靈知論（Gnosis），猶如佛教藏傳密宗的論調，強調只有得到上帝神秘靈性啟示的基督徒方能得救。而且，人的肉體是完全腐敗的，只有頭腦上的靈性、知識才是值得稱頌的，雖然諾斯底主義聲稱是禁慾主義，但因為靈肉的二分，這導致許多人

因為肉體毫無意義而放縱情慾。諾斯底主義的「教父」華倫提努（Valentinus，100-153）更提出以性愛作為聖禮的儀式，亦聲稱雜亂的關係是神的律法。這便不符合耶穌「道成肉身」以普通人的身軀來顯現神的意志作為本身，也不合符上帝以聖子耶穌作為代贖者以拯救所有世人的恩典，更利用信仰來合理化他們行淫亂的罪惡。受到諾斯底主義影響的馬吉安（Marcion of Sinope，85-160），曾稱《聖經》舊約的上帝是殘忍的，新約的上帝是善良的，故欲廢除舊約，這忽略了舊約與新約當中上帝顧念人類的作為，在本質上是一以貫之的。

各地教會未召開大公會議來確定基督教的信仰範圍前，不少深受基督信仰薰陶的知識分子便以筆劍墨花來捍衛真理。為了應對諾斯底主義對於正統基督信仰的擾亂，早期教會愛任紐（Irenaeus of Smyrna，130-202）編撰《駁異端》（Against Heresies）來捍衛真道。愛任紐指出教會的權柄和信仰是來自唯一一個來源，而且是永遠保持一致的：

> 他們用他們解釋疑難經文的方法，來捏造了第二個神祇。正如我們前面所說的，他們用沙編繩，將人從一個較小的困難中，引入一個更大的困難中。因為一個疑問不能拿另一個疑問來解決。一個困難也不能拿另一個困難來解決，一個謎也不能拿另一個謎來解答。這一類的隱晦事，只有憑那為大家所承認的清楚明白的事來解答。……傳統來自使徒，是偉大的、極古老的，而且在羅馬普世聞名的教會，是由榮耀的使徒所建立的，那就是彼得和保羅，因此也可以說明宣道的

工作能直到今日，是靠主教承襲了使徒的權柄。所以
每一個教會應讓贊同這一個教會是有它卓越的權柄，
這件是極其需要的。

　　愛任紐指出異端思想擁有許多源頭，受到了許多其他異**教文化、傳統所影響，而非源自於天父上帝而且一貫的信仰系統。而信仰內容的真理性質，並不會因為異端的影響而有任何改變的地方。**他又指出耶穌是同時為完全的神和人，故此祂的死亡確實令人的罪完全得到拯救，人在耶穌「道成肉身」然後受死當中，得到聖化，故此人的身體不應完全是罪惡、無價值的，而歸信是令身體成為恩典的載體。而他亦視罪惡為疾病以及如孩童的無知，認為人信靠天父以後，並透過聖靈對人靈性的訓練，包括生活方式、神的異象及話語的充滿，繼而得著成長，得著加強，得著鞏固，得著豐盛，繼而得著榮耀。愛任紐上面這段文字也說明了，正統教會的權柄乃是承襲著使徒的道統與法統，而非如異端教會般，憑空如《西遊記》中的孫悟空從石頭中爆出來。

　　正統信仰對人導向神道的作用，大抵如《古惑仔》中的林尚義牧師所說一樣：「想當年，羅馬人將耶穌基督釘在十字架上面，望著祂氣斷，還不穩贏了嗎？豈料三日之後耶穌基督復活，還將祂的教義傳遍全世界，你吹咩？現在最大的教廷梵蒂岡都是在羅馬，那麼你說誰贏誰輸啦？」羅馬帝國皇帝君士坦丁一世（Constantine the Great，272-337 年，306-337 年在位）歸正了基督信仰後，頒布《米蘭敕令》（Edictum

Mediolanense），宣告基督教變成了羅馬國教，但眼見異端思潮橫行，故特意召集各地教會長老，於拜占庭的尼西亞（Nicaea）召開第一次大公會議，他本人在會議召開後便恭敬地坐在後面，聽從主教討論何為正統與異端。但必須留意的是，大公會議的本質並非以某某神學家、大主教的神學理論作為基準來判定「對錯」，而是在眾多教會的基督徒之信仰生活當中，釐定「真理」的定義，尋找信仰範圍的共識，而非解決所有神學問題。是次會議制訂了基督信仰的《尼西亞信經》（Nicene Creed）的雛型，而「信經」的意思就是信仰的基本綱要、準則，以教條神學的方式，來抗衡異端對正統信仰的侵擾，這點是為後世基督教所有宗派都一致共同認可的。

而在「新羅馬」君士坦丁堡所召開的第二次大公會議，同樣是為了抗衡異端亞波里拿留派（Apollinarism）的影響。原因在於亞波里拿留派認為，人本身擁有靈（上帝賜予人的精神）、魂（人的內在生活）、體（靈魂的載體）之分，但是作為神子的耶穌應只有道（上帝的道）、魂、體，以此否定耶穌「道成肉身」成為人的過程。君士坦丁堡大公會議的判斷認為信仰並非屬靈、屬世的分隔，因此耶穌也有人類的「靈」。而是人能夠透過信仰來全面地如張敬軒所唱的〈遇見神〉，會議制訂了更全面的《尼西亞—君士坦丁堡信經》（Niceno-Constantinopolitan Creed，仍簡稱為《尼西亞信經》），曰：

> 我等信獨一之上帝，即全能之聖父，創造天地，及一切有形無形之萬物之主。我等信獨一之主耶穌基督，上

帝獨生之聖子，是聖父在萬世之先所生，是從神所出之神，從光所出之光，從真神所出之真神，是生非造，是與聖父同體，萬物皆藉聖子而造；聖子為要拯救我等世人，從天降臨，為聖靈感動之童貞女馬利亞所生，成為人身，在本丟．彼拉多手下，為我等釘十字架，被害而葬，照聖經之言，第三日復活，升天，坐在聖父之右；將來復必有榮耀而降臨，審判生人死人，其國無窮無盡。我等信聖靈即是主，是賜生命者，是從聖父、聖子所出，與聖父、聖子，同是當拜，當稱頌者，眾先知說預言，皆是被聖靈感動；我等信使徒所立獨一聖而公之教會；我等信因為赦罪設立之獨一洗禮；我等望死後復活，又望來世之永生。阿們。

（據香港聖公會黑皮《公禱書》版本）

雖然後來普世大公教會因為對於神學問題的理解上，出現許多分歧，導致東西教會大分裂以及宗教改革的西方教會分裂，但是無論是羅馬天主教、基督新教、東正教會、東方教會，所有宗派都認可初期處於統一的大公教會曾召開會議的有效性，亦同樣頌讀《尼西亞信經》作為宣認信仰的儀式。在早期教會的護教歷史上，我們能夠看到正統與異端確實存在界限，並非自稱受到上帝默示，便是正統教會的統緒。而且，如果大公會議只是尋求信仰的共識的話，那麼信仰的本質並非全然理性便是一個事實，因為信仰本實的確包括了許多靈性體驗，而這些體驗必須是與《聖經》所教導的真理是一致的，正如《聖經》所言：「聖經都是神所默示的，於教訓、督責、使人歸正、教導人學義，都是有益的。」（提

摩太後書第 3 章第 16 節) 相反，異端則為了解釋信仰或配合自己所需而削足適履，或者尋求其他思想源流，便是曲解了信仰本身。

鄭明析攝理教的所謂「教義」不僅脫離了《聖經》教導，更加《聖經》之上附加許多不合符《聖經》的文本，諸如分為入門、初級、中級、高級課程的所謂《三十個論》等等。鄭明析又在所謂「講道會」上曾說：「你知不知道我是誰？我想你不知道，我就是彌賽亞。」聲稱自己的地位比耶穌更高，而他是最後執行上帝意旨的人。然後，再聲稱與他性交的人，就是與上帝性交，這樣就能得到救贖。而其中一位受害者葉萱在回憶受到鄭明析蠱惑時，她認為一般的基督宗教有太多「非常不科學」的成分，只有鄭氏能夠以相對科學、合邏輯、占星學的方法，來解釋信仰。

這早已被韓國基督教協進會所研判為異端教會，並認為以「基督教」之名來行敗壞的事情，是將污名轉嫁給正統的基督教會，這導致了韓國社會對於基督教普遍的誤解和負面印象，例如《魷魚遊戲》當中的負面印象。許多基督新教教會承繼了馬丁・路德的主張，均重視「唯獨聖經」（Sola Scriptura）、「唯獨基督」（Solus Christus）、「唯獨上帝的榮耀」（Soli Deo Gloria）的重要性，在於此信仰原則能夠杜絕異端思想透過後來附加文本的形式，令信仰和真理的內容受到污染。這亦與早期教會所面對的異端思潮是完全一樣的，那就是其內容的來源相當複雜，更不用說鄭氏只是以此威迫利

誘女信徒，並以假信仰來威脅、恐嚇，甚或性侵她們。如果我們認同真理的本質在於，事物有客觀標準來判定對錯，亦有基督教先哲用作判定正統與異端的標準的話，那麼邪惡教主鄭明析的行為與其所謂「教義」，不僅在於基督教而言是絕對的異端，原因在於完全背離早期教會所制訂的《尼西亞信經》，況且他們從來未有以傳統《信經》來宣認信仰，更犯下《摩西十誡》（The Ten Commandments）之中不得姦淫、為自己雕刻偶像的律法，其邪惡行為與信仰內容根本沒有任何相符的地方。在於普世的道德標準而言，更是十惡不赦了。

　　而現今香港的教會卻陷於「內循環」之內，應要就著重要的教義向大眾宣講，那就是基督信仰的正統與異端其實有清晰的界限，而不論西方教會（天主教、基督新教）或是東方教會（正統教會、東方教會）亦認同了訂明了《尼西亞信經》的前七次大公會議，可見對於基督教的信仰範圍，早期教會早已有共識。如果香港教會並不能就這些內容進行解說，或至少在自身教會內部講道時不提及這些重要歷史時，將會令無神論者能夠以鄭明析事件，來鞏固他們反對信仰和上帝的理據，普通大眾對信仰的理解亦只會在鄭明析事件、無神論語調之下變得更為混淆。即使是對於教會的弟兄姊妹而言，不清楚、不思考自己所信的，又如何能有所行呢？正如《聖經》所說：「那忍受罪人這樣頂撞的，你們要思想，免得疲倦灰心。」（希伯來書第 12 章第 3 節）

　　而信仰若不能好好宣講的話，那麼福音亦將無法臨在於

眾人之間，亦將無法如《主禱文》（The Lord's Prayer）所祈願般：
「願人都尊你的名為聖，願你的國降臨，願你的旨意行在地
上，如同行在天上。」（馬太福音第 6 章第 9 至 13 節）基督
徒在此昏暗混亂的世代當中，更應高舉《聖經》、十字架、
真理的旗幟，如約翰·班揚（John Bunyan，1628-1688）般走在
這條古老而神聖的天路歷程。

> 2023 年 5 月 7 日，
> 本文原為香港聖公會明華神學院神學文憑課程，
> 由聖三一堂李安業座堂主任牧師、慈光堂張文偉牧師
> 所教授「教會歷史」的課業。

輯三　以神之名

維城物語

The Tales of Victoria City: Its Aesthetics and Nostalgias

第三護教辭

香港有不少人因年幼時所返教會學校的信仰教導並不全面，學校老師缺乏對信仰的深入認識，令學生對信仰一知半解；又或傳統教會在傳福音時，將信仰簡化為「信耶穌得永生，不信耶穌落地獄」的信仰八股文；又有不少教會長老因陷於「內循環」之中，失去了向教會外人傳福音的熱情，放棄解說信仰本質的機會；外人因為苦難之真實存在，認為基督教會正如敬拜觀音、佛祖的道士般熱愛「破地獄」，耶穌基督也只是巧立名目的迷信宗教的大佬。在大半年前阿 Mo（李啟言）於 Mirror 紅館演唱會事件中受傷後，其父李盛林牧師呼籲眾人為他兒子祈禱時，不少人在為此事執起正義之劍，欲揮刀斬邪惡，卻乘機對基督信仰冷嘲熱諷，彷彿自己道貌岸然地擁有清晰的「理智」方為道德清高之舉，然而細心一想，這卻令人質疑其在道德及理性上的可靠性。

不少人攻擊基督宗教是不理性的迷信宗教，故忽略了早期歸附教會的，卻是尊崇理智、邏輯的希臘知識分子，他們是名副其實的「學院派」。希臘青年游斯丁（Justin Martyr，100-165）有天在海邊如 Chaotic Student 般胡思亂想時，與一位於途中遇見的神秘基督徒老人交談，該老人不客氣地指出游斯丁所接受的哲學訓練，包括學習斯多葛主義（Stoicism）、柏拉圖主義（Platonism）等流派的弱點與問題後，游斯丁因而決定歸信主耶穌基督。此後，他便熱心以希羅的哲學系統來建立基督信仰，並寫成兩篇《護教辭》等以希羅哲學傳統為根基的護教著作。他在《第一護教辭》（The First Apology）的開首並

如此説：

> 余游斯丁，乃巴勒斯坦地納布盧斯（Flavia Neapolis）人
> 普里斯庫斯（Priscus）之子、巴克西烏（Bacchius）之孫是
> 也。現僅代表各族遭受不公義憎恨乃至恣意侮辱之人，向
> 皇帝安東尼庇護（Antoninus Pius, 86-161 年，138-161
> 年在位羅馬皇帝），向皇子哲學家、凱撒親子維里西母
> （Verissimus），向作為庇護養子而熱愛學問之哲學家盧
> 修斯（Lucius），並向聖元老院乃至全體羅馬公民呈上以
> 下致辭及請求。……那些真正敬虔而有哲學頭腦的人，理
> 性引導他們只崇敬和熱愛真理，而拒絕因循傳統意見，而
> 如果這些意見果真是毫無價值的話。因為健全理性將引導
> 我們拒絕受那些行事與教導皆為錯謬的人指導，而且追求
> 真理的人皆有責任盡一切努力，選擇去行正當的事、說正
> 確的話，即使自身生命面臨死亡威脅時亦如是者也。

　　由於不少人在未經消化便對基督宗教加以駁斥，那麼這
便與他們所信奉的「理性」原則成為一種哲學悖論，**假設他們
對自己的無神論「信仰」是認真「相信」的話，那麼就正如他
們拒絕基督信仰的理據一樣，因為他們同時間毫無保留地委
身於擁護無神論，如此的言行不一致是荒謬的。**因為相信上
帝存在的精要，在於相信客觀的道德原則並非由人類本身所
決定，而是由上帝決定，但他們正如伯特蘭‧羅素（Bertrand
Russell，1872-1970）一樣無條件的擁護無神論，但最後他發現
自己的主張是無辦法道成肉身地貫徹實行：

> 我不能接受反對道德絕對論的論點，而且我也難以相信，

> 不喜歡對肆意殘忍的厭惡，只是一個品味問題，就像對生蠔的厭惡一樣。……我認為自己的觀點在論證上是無可辯駁的，但仍然難以置信的，而我也不知道解決辦法是甚麼。

可見，無神論者也許在哲學論證上成立，但是信仰本身就並非單單只有如自然神學般所強調的理性，他們的立論依然無法推翻信仰的性質。當然筆者並不認為信仰只有理性部份，正如耶穌曾説：「我就是道路、真理、生命。若不藉著我，沒有人能到父那裡去。」（約翰福音第 1 章第 14 節）信仰本身就是生命本身的一切，包括理性的神哲思想，亦包含感性的屬靈體驗。

雖然筆者並無先哲游斯丁的聰穎，並斗膽仿效先賢，將本文命名為〈第三護教辭〉（The Third Apology），實在是因為眼見當代許多似是而非的所謂哲學思想，如拿破崙般將理性的冠冕戴上自身的頭上，又如馬克思般沉醉在消滅一切舊秩序的解放式歡悦當中。為此，正如新教改革家馬丁路德所説：「我不能亦不願捨棄任何事物，皆因此違背良心既非正確，亦非安全穩妥。這是我的立場，我不得不如此！願主保守我，阿們！」（I cannot and will not recant anything for to go against conscience is neither right nor safe! God help me, Amen!）筆者不得不站起來駁斥那些攻擊教會及信仰的言辭。

每當新聞報導阿 Mo 康復，以及其父李牧師懇求大家幫忙代禱之時，總會有人在留意區嘲笑道：「你的上帝在

何處？」、「你的神不是全能的嗎？為何不能阻止苦難發生？」、「阿 Mo 台上出事時，是否又需要感謝神？因為這是神給阿 Mo 的考驗啦？」、「神創造了令意外發生的人，然後神選擇了阿 Mo 去承受這些人創造的意外，以全癱來考驗阿 Mo。然後李父感謝神沒有令阿 Mo 死亡，每星期感謝神只令兒子全癱和有輕微進展。」**必須承認的是，香港傳統教會為了傳福音，而將在信仰框架下面對苦難的態度，極度簡化為「神的試練」，這是對解釋信仰上不負責任的做法。**而筆者對於那些攻擊教會的言辭同樣感到困惑，當李牧師希望大眾能為阿 Mo 祈禱的時候，基督徒反被那些憤世疾俗的人攻擊：「為何基督徒如此愚蠢，不去追究犯罪者？」正如游斯丁所說，這些基督徒被攻擊的原因只因為「他們是基督徒」，而非立論在基督徒實際上與其信心相稱的行為之上。

但觀乎攻擊信仰者的立論，無非是立足於苦難的存在與發生，會批評：「你的上帝不是全能的嗎？」這牽涉兩個問題：一、上帝全能但不出手，所以祂是殘酷的上帝；二、上帝創造了令人受苦的苦難，所以人不值得擁有信仰。他們故此推論出，這樣的境況難以令充滿愛心而又全能的上帝存在。正如哲學家既神學家魯益師曾在《痛苦的奧秘：一場思辨之旅》（The Problem of Pain）指出，人以苦難否定基督信仰的理由是：「如果上帝是善良的，祂會希望祂所創造的物種完全快樂；如果上帝是全能的，祂能夠做祂想做的事。但是祂的創造物並不快樂，所以上帝既非善良亦不全能。」若果上帝是以祂的形象來創造人類的話，那麼上帝所賦予人類的自由意志，

就導致上帝在某些事情上無法干預人類的行為，而人類在亞當、夏娃偷食禁果而犯罪後的原罪性（Sinfulness），就令人類陷入於利用自由意志來犯罪所導致的道德墮落境況之下，這絕非出於上帝創造的本意。魯益師借此解釋「上帝希望世界美善」與「世界充滿苦難」兩者並非矛盾。

筆者認為，魯益師嘗試指出**上帝在事實上確是全能，但祂同時間難以在違反自身邏輯底下來作出一些違反祂美意的事情，那就是出手干預人類的自由意志，否則人類是一堆被上帝愚弄的機械人**，也許就似電影《異形：聖約》（Alien: Covenant）中大衛（David）議論華特（Walter）被人類操縱一樣，違反上帝賦予人類的神性與自由。阿 Mo 是在承受偷工減料的承建商的罪，他受難是無辜的，是無可爭議的事實，但作為中世紀重要教父的希波主教奧古斯丁（Saint Augustine of Hippo, 354-430）在著名論著《懺悔錄》中指出：「我並不為別人的意志所束，而我自己的意志（筆按：人本身的罪性）卻如鐵鏈一般的束縛著我。敵人掌握著我的意志，把它打成一條鐵鏈緊緊地將我縛住，因為意志敗壞，遂生情慾，順從情慾，漸成習慣，習慣不除，便成為自然了。」奧古斯丁指出人犯罪的原因，在於人的意志混亂、錯亂，而導致其判斷出現錯誤，然後導致罪惡的發生，這亦如後世魯益師所說，人濫用了自由意志來為他們犯罪提供藉口。

東方教父大馬士革的聖約翰（St John of Damascus，675-749）亦有相若見解，他認為世界首先出現了存在，然後作為

受造物的人類便因著上帝所賦予的自由選擇，而有善的存在以及惡的存在，因為他們能夠自由選擇為美善或為邪惡。而罪惡的本義正是人在認知能力上的缺乏，令其在抉擇上做錯決定，導致發生了罪惡本身，繼而於每人都擁有自由意志底下，造成種種衝突，個體的苦難因而存在。約翰亦以受國王欽命管理國庫之人，利用恩賜和欽命橫行無道，國王在本質上無法阻止苦難和罪惡的發生，但國王能夠按他所應受的罪來處分他。而基督信仰所關注的，正是處理若罪惡和苦難有不可抗逆的特質底下，應該如何令人安身立世的問題。

犯罪本身導致苦難，而基督徒本身並不迴避自身的罪性、苦難的發生，因為本身造就這個信仰故事的耶穌基督，正是承受極大苦難的表表者。而且，如果並非有苦難發生，救贖與恩典就不會如此重要，人依舊會陷於原罪的惡性循環之中，而耶穌的「道成肉身」正是打破惡性循環的關鍵，是成就這個救恩故事中不可或缺的極重要部份。據《聖經》記載，聖子耶穌早就預視了自身將會因為「猶大之吻」（Kiss of Judas）而受難，但祂在客西馬尼園（Gethsemane）禱告時，依然感到非常痛苦：「我心裡甚是憂傷，幾乎要死。……我父啊！倘若可行，求你叫這杯離開我！然而，不要照我的意思，只要照你的意思。」（馬太福音第 26 章第 38 至 39 節）

在羅馬極權暴政的鷹犬前來逮捕他之事，門徒彼得因出刀阻撓而斬傷羅馬士兵之時，耶穌反而叫彼得退去，只因祂早已決定行此必須由祂所行的苦路、喝這祂必須喝的苦

杯。羅馬天主教在四句期 (The Lent，耶穌受難前四十日的節期) 紀念耶穌受難時，有一個「苦路十四處」 (Stations of the Cross) 的敬禮傳統，提醒了基督徒，連作為完全的神和人的耶穌，亦不堪背負十字架的痛苦，數次仆倒在地。同時間祂的猶太同胞卻落井下石，支持羅馬「指定法官」本丟·彼拉多將祂釘死，他們更寧願政府釋放殺人無數的大盜巴拉巴 (Barabbas) ，耶穌被釘死前在世時是極為孤獨而淒慘的。

以上的歷史事實回應了攻擊教會者的第二點，上帝根本從來都沒有應許過跟隨基督的基督徒不用承受苦難，反之是：「耶穌對門徒說：『若有人要跟從我，就當捨己，背起他的十字架來跟從我。』」 (馬太福音第 16 章第 24 節) 上帝容讓苦難發生，在於祂認為苦難於人的成長有益，全能的上帝為何不能讓人承受苦難呢？原因在於，上帝要人背負起自己的十字架，而非要人逃避責任，並容讓人的罪惡繼續蔓延。而在上帝的恩典下，人才能相信這些苦難是有意義的，上帝將會親自獎賞那些為主打過眾多場屬靈戰爭的人。正如美國哲學家威廉·基克曾於其文章〈生命中沒有上帝的荒謬〉 (The Absurdity of Life without God) 所指出，如果沒有上帝的存在，那麼人便沒有判斷是非的客觀標準，亦無生命中賴以為生的終極意義、價值、目的。

筆者認為以上這個模式能夠應用在基督徒面對苦難的態度上，基督徒的生命並非沒有苦難，而是面對苦難時能夠以「主耶穌基督的恩惠、上帝的慈愛、聖靈的感動」 (哥林多

後書第13章第14節）的同在，勇敢地對苦難都能夠迎面應戰，**基督徒在面對苦難時，亦因而是「選擇以甚麼態度面對」，而非否定苦難出現的本身，亦因而相信受苦難終將會有其實在的意義**。在《被告席上的上帝》（God in the Dock）上，魯益師曾說：「我尋找宗教，並不是因為它能讓我快樂。我向來知道，一瓶酒已經能夠讓我開心。如果你想尋找一個令自己感覺舒服的宗教，那麼我肯定不會推薦基督教。」這道明了基督宗教之特別，正在於此，在苦難以後人所得到的更新正是上帝恩典所在。

反過來思考，反基督教者說的這些論調：「如果神存在的話，為甚麼祂會容讓如此多苦難發生？」坎特伯里大主教安瑟倫（Anselm, Archbishop of Canterbury，1033-1109）指出，上帝的觀念實際上是存在於人的心靈之中，許多人「否定上帝的存在」的本質，本身就代表「上帝」的概念存在於各人心中。將安瑟倫的思想應用於上面這些論調的批判上，如果上帝不存在的話，那麼他們熱烈地盼望「上帝消滅一切不義與苦難」的本質，也期望有一個超然所有世俗力量的「上帝」存在。但他們卻因為難以承受世間的苦難，從而否定上帝存在，這種前後不一致的矛盾導致了許多人所受的苦難並無意義。況且，他們詢問「我為何要受此苦？」終將是毫無意義，因為若上帝不存在的話，遭遇苦難只是無故發生的概率問題。

不少反基督教者繼而攻擊李盛林牧師希望眾人為他們代禱的公開信，曰：「竟然不去攻擊承建商，這個時候向你的

上帝禱告又有何作用?」無可否認的是,經過二零一九年社會事件以及數年的「抗疫」鬧劇後,香港人因為公義得不到伸張而內心躁動不安,殊堪理解。但如果要為這些政治、社會慘劇,來尋找代罪羔羊的話,那麼攻擊教會、信仰將會於事無補。李盛林牧師在不少新聞報導上大方剖析自己的心路歷程,為人父母者理所當然地首先緊張自己子弟的安危,正如傳統中國諺語一樣「養兒一百歲,長憂九十九」一樣。

福音派的神學思想著重神與人的關係,「愛」是當中非常重要的問題。因著上帝所賜予祂的愛給祂所創造的人類,聖父與聖子的關係,就如人類與其子女的關係,神亦非三位一體的話,完美的愛三角也無法成立。李牧師本著基督的愛,先緊張自己兒子的情況,並請求他人為他代禱,反被反基督教者攻擊,實在是本末倒置。而他本身為了阿 Mo 的情況,亦消瘦了十多磅。李牧師在面對如斯苦難時,指神的恩惠一直臨在於他的家庭當中,反映了信仰的苦難觀為如何:

> 神的話語提醒了我,讓我思想到基督信仰——不是道德上的信仰,而是生命的信仰;很多時我們只看事情的外表,但其背後卻有另外一個層次。自擔任牧師一職以來,我曾見過不少的神蹟奇事,是現今世界解釋不到的,所以只有相信耶和華的恩惠,求神在阿 Mo 身上施行神蹟。

演唱會承建商的罪惡固然將得到上帝與法律的審判,乃至大眾的道德追究,但當我們代入李牧師一家處境時,面對至親受難,人與生俱來的愛,將會引導他們首先關注所愛的

人，只不過有先後次序之分，故此李牧師指基督宗教更是一種「生命的信仰」（A Faith of Life），關懷生命為信仰之首要。李牧師於旺角浸信會的一篇講道〈誰是你的同行者〉（2023年2月26日）中又指出，信仰上的「與人同行」是需要「落水的」，也需要切身處地為所愛的人著想，顧念他們所愛的人的需要。當攻擊信仰與教會的人高舉義旗聲討不義，同時間又攻擊為不義所傷害的受害者，只因為他們的名稱為「基督徒」，那麼，他們那些看似大義凜然的言論，也只是《聖經》中所說「假冒為善」的法利賽式懦夫行為（馬太福音第23章第27節），**因為他們一方面要為自身爭取公義失敗而尋找弱者攻擊，另一方面則要借著攻擊他人來為自身頂戴上堂皇的道德冠冕，他們並沒有真正地落水「與人同行」。**

縱使普世大公教會在二千多年來，因著許多神學問題上而產生分裂，包括十一世紀時羅馬天主教與東方正統教會（Eastern Orthodox Church）的分裂；以及十六世紀時，馬丁路德所牽起基督新教與羅馬教廷的分裂。但是，正如俄國神學家布爾加科夫（Sergei Bulgakov，1871-1944）曾經在其著《東正教教義綱要》中指出，基督宗教各個宗派皆有其獨特之處。他指，傳統羅馬天主教會是彼得的教會，關心的是拿著兩把刀來建立、保護教會，因此在組織制度、權威結構、教會紀律上別樹一幟；新教是保羅的教會，著重耶穌的教導在日常生活的實踐，因此於培養基督徒生活化的靈性、道德操守上有重要貢獻；而東正教則是約翰的教會，追求的是貼在老師的胸前，因此其所強調的神秘主義色彩，能夠讓基督徒看到屬

靈世界的絕對美感和秩序。

縱使基督宗教普世教會的合一運動（Ecumenism）時常因為神學問題、領導權問題而舉步維艱，但是在現代無神論、後現代主義的衝擊下，教會合一運動顯得彌足重要的原因，在於馬克思的解放式歡悅，現正令人生活在朝不保夕的荒野之上。正如上一段所說，其實基督宗教每一個宗派都各有自身特色，而又不偏離於信仰上帝耶和華的根本的話，其實一切教義分歧只是各宗派對細節上理解的相同，但以真理而言，互為基督肢體的大家其實是可以互相尊重對方的傳統與習慣，彰顯主耶穌基督所代表的大愛精神。而普世神聖而大公的教會，則必須在上帝的恩典下求同存異，對人類社會進行「反解放」。否則，除了教會將會因此遭受萬劫不復的摧毀以外，「殺死上帝」的人類亦終將會被這些異端思想的逆流，而被導向完全滅亡的境況當中。

《尼西亞－君士坦丁堡信經》是普世大公教會內所有宗派都認可的信經，用以宣認自己的信仰內容，當中便有一句：「將來復必有榮耀而降臨，審判生人死人，其國無窮無盡。」這象徵了基督徒對於未來懷有盼望的信心，乃從上帝而來。因為《聖經》又曰：「因為主必親自從天降臨，有呼叫的聲音和天使長的聲音，又有神的號吹響。」（帖撒羅尼迦前書第4章第16節）基督徒對苦難的態度亦建基於此。

2023 年 5 月 10 日，
本文原為香港聖公會明華神學院神學文憑課程，
由諸聖座堂范晉豪座堂主任牧師所教授「基督教思想史」的
課業，後增修於 2024 年 5 月 5 日。

輯三　第三護教辭

維城物語

The Tales of Victoria City: Its Aesthetics and Nostalgias

地厚天高

「從不知天高與地厚，漸學會很多困憂。」香港大學文學院的香港研究課程內，有一門課是專門研究七十年代至今廣東話流行歌的發展軌跡，而教授這一科的老師就是在學術界內，以研究香港文化而赫赫有名的朱耀偉教授。筆者上一門課的時候，正值當時良心未泯的袁教授所稱「大流行緣起武漢」的初期，亦即二零二零年初。當時上課的形式大多以網課為主（令筆者半個大學生涯毀在這個弱感冒病毒上，更莫說正值錦瑟年華的高中生），但是朱教授透過螢幕所說的一席話，就令筆者印象深刻、入木三分。

當時課堂談到千禧年前後的 Beyond 三子，談到黃貫中的《年少多好》一曲，朱教授突然說了一句：「這幾年來，是甚麼事促使年輕人唱起了《年少多好》這首歌去哀訴自己的生命？這明明是一首三四十歲或是像我這種中年人才會唱的歌，但現在卻由人生經歷不豐富的年輕人唱起？」有人說這個時代的年輕人是「被時代選中」，筆者拒絕這種浪漫主義式的論調，沒有人需要在不恰當的年紀接受不恰當的歷練，這種歷練包括了慈母的催淚彈放題、公安長官瞄準頭部射擊的橡膠子彈、元朗何大總統所說的泰式水炮車潑水節，以及在荔枝角收容所的 Staycation 待遇等等。

也許形容為「被時代選中」或能一時滿足對時代的吶喊和呼問，但是對於解決這個年代年輕人（或是全體香港人）遭受苦難的問題，這個答案就顯得軟弱無力。電影《阿拉伯

的勞倫斯》（Lawrence of Arabia）中的阿拉伯親王曾説：「年輕人製造戰爭，而戰爭的本質就是年輕人的本質，充滿對未來的勇氣與希望；老年人維持和平，而和平的罪行就是老人的罪行，充滿對外界的不相任與警惕。」年輕人要透過不同行為來證明自己的生存意義，在二零一九年前是透過吃喝玩樂，在二零一九年後是透過社會運動，而兩者的本質都是不健康的。因為這個世代的失落並不在於游議員所説的「冇地方扑野」，也不在於中共權貴所稱的「上唔到樓」（他們定義這個問題為所謂的「深層次矛盾」），而這些事物只是否定人類有靈性需要的本質，否定這個本質就等同否定生而為人的價值，將年輕人視為唯物主義下的一堆行屍走肉。

二零一九年的社會運動創造了一種新的理想，一種與香港眾人心靈連結的滿足感，一種為共同家園所奮鬥的使命感。「被時代選中」的説法，就是這種浪漫主義論述的副產品，正如有些人説生命的本質就是父母的副產品一樣：應運而生，卻無任何實質有意義的意義。當運動和這種論述被政權強力壓制以後，「被時代選中」就會變成痛苦的來源：「為甚麼我要受這種苦痛？」、「當社運都沒有的時候，有甚麼可以支撐我的生命？」、「香港沒有未來，那我又怎會有未來？」尋尋覓覓，冷冷清清，悽悽慘慘戚戚。社會運動曾經是支撐年輕人生存下去的意義來源，但當社會運動黯然退出舞台以後，那麼我們又何去何從呢？

然而在現實上，「被時代選中」固然與年輕人「是否受

苦」、「應否受苦」沒有必然關係,但是這個年代的年輕人「正在受苦」卻是鐵一般的事實,而「被時代選中」也不能合理化來自暴政的迫害。如果我們假設生命是有意義的,那麼「擁有意義」的意義就在於支撐生命繼續生活,因為意義就像荒漠甘泉般讓口渴的人得以維持生命,並感到生命的喜悅,縱使這個喜悅未必來得容易。雖然我們暫時無法改變苦難正在發生的現實,但是在以上前設下,需要問的便不是上一段的問題,而是要問:「在這個年代受苦難的意義是甚麼?」、「我們作為年輕人受政治迫害的意義是甚麼?」其苦難並不單是肉體傷害,而是心靈飽受磨難的地獄之路。

猶太裔奧地利心理學家維克多 · 法蘭克 (Viktor Frankl,1905-1997) 曾經居住在當時納粹德國至為恐怖的奧斯威辛滅絕營,他當時觀察到,對生命意義感到絕望的人往往是最快死亡的,相反對未來抱有微弱盼望的人卻往往能夠支撐到盟軍前來解放的一天。他曾言:「一個人所有的東西皆可以被奪走,但除了一件事,就是人類最後的自主權。任何情況下,人都可以選擇自己的態度,選擇自己要走的路徑。」他說明了縱使外在環境、條件或許非常惡劣,但此並不能成為定義自己人生、靈性的唯一因素。這些盼望和意義並不需要很偉大,它可以微弱如每天食到「好西」、見到家人、見到愛人等等,足以維持日常生活、對未來的盼望便足矣。

不少人會批評擁有宗教信仰是弱者所為,但不要忘記在經歷過唯物主義、科學主義在這兩個世紀的衝擊以後,各個

宗教信仰依然屹立不倒。英國牛津大學文學及神學教授魯益師與伊利諾州立大學教授大衛·華萊士不約而同指出，每個人的內心都有一個部份並不能是世俗事物所能滿足的，每個人都服膺或崇拜於某一個價值觀，實際上是沒有人真正信奉無神論的。現代宗教以不同形式展現，例如愛情、金錢、肉慾等等，但是你崇拜一個不恰當的事物，它只會把你活生生地吞噬，正如社會運動若成為年輕人唯一信仰的最終結果，只會是被社會運動本身以及其破滅所反噬。

那麼，討論到最後會衍生出來的問題會是：「我要做些甚麼來尋找意義呢？」卡繆曾經在其著作《薛西弗斯的神話》內曾說，人渴望尋求意義，而在他們面前的世界卻充滿荒謬，而人與世界的對立、衝突，在本質而言是荒謬的。他主張以「反抗」來對抗「荒謬」，因為反抗的本質在於人類在此過程中掌握自己的主動權，反抗虛無主義對於生命的支配，而非「人活但如死」式的坐以待斃。或許正如《阿拉伯的勞倫斯》中的阿拉伯親王所說的，年輕人的本質是充滿熱情、侵略性的，並會主動挑起戰爭。也許，年輕人需要宣戰的對象並不是任何世俗政權，而是自己內心的虛無與痛苦，反抗的手段就是「反抗」本身以及尋找意義的舉動。

劇集《皇冠》的劇情雖然真假各半，但每集帶出來的信息是非常清晰的。皇夫菲臘親王母親的愛麗絲公主（Princess Alice，1885-1969）曾經被診斷出有思覺失調和精神分裂症，並被著名心理學家佛洛依德（Sigmund Freud，1856-1939）以野蠻手

法來治療。其中一集內,愛麗絲公主對她的兒子談起當初遭受折磨的日子時,就如此說:

> 我不是一個人撐過來的,我一個人做不到,我一直都有人幫助。巴布金斯,你剛才提到缺乏信心,你現在的信仰情況如何?(擱置了。)甚麼!?(擱置了!)這很不好。就當這是母親給予孩子的一份禮物,一個忠告:幫自己找個信仰。那會有幫助的,不,不只是幫助,這就是一切。

筆者是一個基督徒,我堅信基督信仰的穩定性和可依靠性足以支撐起整個生命,但是依然認為無論任何宗教也好,如果找到一個能夠令自己活得自在的信仰,那麼就是對抗這個荒謬「時代」所無處不在的荒謬的最佳方法。又也許,在被迫告別年少無知的時代之中,也許我們也要向曾經為理想而奮鬥過的那個自己致敬,向這個錦瑟年華致敬,向曾經傷痕累累的靈魂致敬,原來你也能夠撐持過這段內心深受巨大磨難的時代。

英格蘭宗教改革家約翰·班揚所寫下的《天路歷程》(The Pilgrim's Progress)中,有一段頗有意思:「我要到我的天父那兒去了,雖然歷經了巨大磨難才抵達這裡,但是我絲毫不為來此所受的痛苦,而感到後悔。我要將我的劍,留給繼我而來的走天路的人;我的勇氣和本領,則留給那些有能力取得

它們的人。我要帶著傷痕與刀疤歸去，讓它們作為我曾為主打過多少場仗的見證，而天父即將向我頒獎。」無論苦或甘、喜與悲，原來一切都被看在眼內。

2022 年 6 月 16 日，「二百萬人加一」大遊行三週年。

維城物語

The Tales of Victoria City: Its Aesthetics and Nostalgias

跋語

在萌生出版《維城物語》之意前，界限書店告訴筆者之《維城札記》於二零二二年首版的五百本得蒙讀者錯愛而全數沽清，因此再加印一千二百本。對於一個初出茅廬（又或「初出道」）而又依然懷有傷春悲秋之感的文科社會新鮮人來說，這無疑是一種鼓勵，原來自己一隅之見亦能登上大雅之堂。縱使身邊許多學界前輩、同仁、知己好友都對筆者予以肯定，但筆者依然對自己缺乏信心。後來發現，這種「自卑」並非真的在客觀認知上否定自己的能力、意義、價值、目的，而是「自卑」在成長過程中，早已內化為自身性格之一部份。《聖經》曾言：「他叫有權柄的失位，叫卑賤的升高；叫飢餓的得飽美食，叫富足的空手回去。」（路加福音第1章第52至53節）筆者經常以此句經文來自勉並提醒著自己，我其實不用很努力就已獲得他人無條件的接納和愛，這個接納自我的過程依然是筆者人生的重要課題。

正如劇集《皇冠》中英女皇的私人秘書湯米・蘭素（Tommy Lascelles，1887-1981）所描述：「這是一條狹窄筆直的基督教之路。」自接受聖洗禮以來，信仰並非一直處於平坦大路之上，往事依然令筆者「要背負個包袱，再跳落大峽谷」，造成許多遺憾，致使自己要經常於風雨飄搖之中逆風前行。感謝穎姿、瑋琳曾經為我的人生帶來了許多甜蜜的回憶，「那動人時光」構成了我性格、認知的一部份，學會了要及時珍惜眼前人；知己良朋嘉慧、綽琳、泳敏、浩洪、嘉輝、諾謙、聲衡、皓渭、家駿、思穎、頌欣、恭佳氏、Natalie，家人多年一直無條件的愛與包容，教會弟兄姊

妹如靈靈、小明、友勝、慧賢等，一直與擁有著難頂性格的筆
者同行，令情緒的過山車都可以有「埋站」時刻；中學母校的瀚
文恩師、學界的延敬前輩、港大的金由美教授，以及保羅兄、
Jenna 的支持與包容，多次提醒筆者，原來世界依然有人願以一
顆赤子之心善待他人；而劉兄、鄒兄、莫兄、梓豪兄等學界同
仁亦一直與筆者並肩作戰；感謝工作上的同事與學生，使筆者
能夠從與你們的相處之中領悟到不少人生哲理。

　　感謝在港大本科時作為筆者學術導師的陳永明博士，再度
義不容辭答應為本書作序，當時從陳師身上學習到各種學術範
式，令筆者能以各種新穎的濾鏡重新觀察這個世界；感謝獅墨
書店謝兄、熒惑老師慷慨賜序，雖然相識不久卻交淺言深，可
謂是文人「相重」而非「相輕」的最佳例子；感謝潘牧師、陳傳道
在得知本書部份文章談及信仰時，就立刻答應賜序，這是香港
教會反思在這個時代的使命的好時辰；感謝插畫師 Din Kwok 再
次答應參與是次項目，她的畫風令人對於二十世紀初維多利亞
城、二十世紀末旺角西洋菜南街的無限聯想，令兩本書能夠做
到時代上的首尾呼應，而且更大為感恩的，是她以畫筆來還原
了文字的場景，將筆者許多埋藏在心底的情感、故事能夠呈現
於人前。由是，令筆者此情有所寄，此生有所為。

　　從《維城札記》到《維城物語》，都滿載了筆者自大學
時因抑鬱症而世界觀大開，到要告別校園時光並轉戰職場的
各種片段，是一部由「青春常駐」過渡到「青春告別式」的笑
忘書，「寒天飲冰水，點滴在心頭」，只不過不知道是「返

老還童」地去找赤子心，還是情緒和元氣都死了的「老了十歲」。大學時期的筆者曾問過一個問題：「究竟『成長』是尋回自我，或是失去自我的過程？」經過幾個秋與冬之後，對此問題有點眉目了。我想，答案大概是兩者都有吧。對後世基督宗教神學有莫大影響的神學家阿奎那（Thomas Aquinas，1225-1274）曾說：「如果船長的首要目標為保全其船隻，那麼這艘船就永遠出不了港口。」這句話或許是成長本身的最好寫照，因為一艘「志向清明」的船始終要出港，而出港就要必須面對未知的狂風暴雨，又或隨時會迷失方向的悲哀事實。但若果我們能夠找到方向呢？

二零二一年是筆者過得最艱難的一年，曾有許多「捱下去，連上帝亦也許沒法攙扶」的時刻。從小學到大學讀了十六年書，轉眼間就要投入職場。無論人際關係、人生方向都需要重新調整，期間因年少幼稚、不成熟而與朋友產生的諸種溝通誤會，發現部份曾經以為很熟悉的人與事，如今竟然變得如此陌生、冷酷。而在此期間又遭受各種誤解、逼迫、排擠，有時回想起來難免會感到肝腸寸斷，這也許是過去對現在的反噬。筆者亦因而被迫出走，並逃離這個早已陌生的「舒適圈」，這或許像當年受到冷落的韓信（？-前196年）般，要遠奔入蜀。依稀記得《尋秦記》最後一集中，已親政的秦王趙盤，面對著自己娘親離世後最在乎、愛護他的師父項少龍，都要打開大門離開時，趙盤那欲止難止的淚水，令人意會到那種被迫在自己人生路上成長的孤獨，就像人有悲歡離合、月有陰晴圓缺一樣，此事古難全。

但正如張敬軒那首《隱形遊樂場》一樣：「流亡荒野，眼前都有，遊園地裡那羣木馬。長大，如遺落了它，我會害怕。」身處於這片荒野上會有充滿恐懼，正正因為無所依靠，方可重新發現到生命之美好，在於原來身邊依然有舊友願意如以往般，繼續體諒、包容、愛護自己，又有同仁、前輩多次給予機會讓筆者去服務他人。我想，「成長」也許就是這樣一回事，在成長過程中遭受巨大苦難後，然後從中學習，之後再能夠重新敍述、欣賞自己的經歷。「遊歷過成人世界，誰沒有無形傷疤？」即便如此，就讓我們將成長期間隱隱作痛的「傷口」，都變成不痛不癢的「疤痕」，並且去蕪存菁，活出自己最美麗的一面。那些在筆者最落寞潦倒之時所伸出的手，那些在微時的滴水之恩、知遇之恩、不棄之恩，筆者將永遠銘記在心中，這些都是我這罪人所不配得的。雖然未必能以湧泉相報，但筆者願謹此承諾，在能力及情況許可底下，必定盡心、盡性、盡意、盡力地去守著許下的承諾，去服務、保護和愛護身邊的人。

主耶穌基督曾説：「我將這些事告訴你們，是要叫你們在我裡面有平安。在世上你們有苦難，但你們可以放心，我已經勝了世界。」（約翰福音第 16 章第 33 節）從真光所出的真上帝就曾如此向他的門徒保證，雖然基督徒同世人一樣，可能會遭受極大苦難，但是我們早已因為信靠著已勝過世界的耶穌而得勝。或許我們能夠愛，只因上帝早已「選擇」無條件愛我們。因此，希望我們能夠在經歷苦難過後，並回憶起那些已逝去的人和事時，可同樣「選擇」記起大家曾經擁有過

的那些美好時光，而非那些令人慘遭折磨的往事，這才是在本質上對那人、那事的尊重和愛。雖然有愛就有痛，但當愛已成往事時，那就將往事留在風中，並在驀然回首之際，發現原來我們曾在人生的列車中，一同乘搭過一程如《千與千尋》的夢幻旅程。縱使大家最後因為各有自身生存路線，而跑去了其他月台追趕其他列車，但在回憶的半分鐘時，能夠像呷一口杭州西湖的明前龍井一樣，令人齒頰回甘，餘韻長流。雖然某些關係於此時此刻，處於「此情待續」的階段，但願我們在日後的某時某刻在櫻花漫天飄逸之下重逢。

二十四歲正值花漾年華在英屬印度探索新世界的邱吉爾亦曾說：「世界各地的年輕男女，請傾聽此並四處宣告。這個色彩斑斕的世界屬於你們的，你要仁慈而堅定。這世界比起以往任何一刻更需要你們，你們接過變革的責任吧，因為這是屬於你們的時代。」但願在這個時代，我們每一日都能夠比起昨日，活得更有勇氣和盼望，並因而奮發向前。願一切榮光、榮耀、頌讚歸於上帝耶和華，始初如此，如今亦然，直到永遠，阿們！

2024 年 5 月 18 日，寫於書後。

跋
語

301

維城物語

The Tales of Victoria City: Its Aesthetics and Nostalgias

參考資料

文化、文學、哲學

1. A. B. Shepherd, Lifeboat (CreateSpace Independent Publishing Platform, 2013).

2. Albert Camus, The Myth of Sisyphus (London: Penguin Books, 2013)；卡繆著，嚴慧瑩譯：《薛西弗斯的神話》（臺北：大塊文化，2017 年）。

3. Albert Camus, The Rebel (London: Penguin Books, 2000)；卡繆著，嚴慧瑩：《反抗者》（臺北：大塊文化，2017 年）。

4. Allan Bloom, The Closing of the American Mind (New York: Simon & Schuster, 1987).

5. C. S. Lewis, Mere Christianity (London: Geoffrey Bles, 1952)；魯益師著，余也魯譯：《返璞歸真》（香港：海天書樓，2021 年）。

6. C. S. Lewis, The Abolition of Man: Reflections on Education with Special Reference to the Teaching of English in the Upper Forms of Schools (Oxford: Oxford University Press, 1943)；魯益師著：《人之廢》（上海：華東師範大學出版社，2015 年）。

7. C. S. Lewis, The Problem of Pain (San Francisco: HarperOne, 2015)；魯益師著，宋偉航譯：《痛苦的奧秘：一場思辨之旅》（臺北：校園書房，2015 年）。

8. David Foster Wallace,This Is Water: Some Thoughts, Delivered on a Significant Occasion, about Living a Compassionate Life (New York City: Little, Brown and Company, 2009).

9. Friedrich Nietzsche, The Joyous Science (London: Penguin Books, 2018)；尼采著，孫周興譯：《快樂的科學》（北京：商務印書館，2024 年）。

10. John B. Carroll, Language, Thought, and Reality: Selected Writings of Benjamin Lee Whorf (Cambridge, Massachusetts: MIT Press, 1956).

11. John Milbank, Theology and Social Theory: Beyond Secular Reason (Oxford: Basil Blackwell, 1990).

12. Julian W. Connolly, Dostoevsky's The Brothers Karamazov (London: Bloomsbury, 2013).

13. Leon Trotsky, The Permanent Revolution and Results and Prospects (London: New Park Publications, 1962).

14. Maurice Wiles, The Making of Christian Doctrine: A Study in the Principles of Early Doctrinal Development (Cambridge: Cambridge University Press, 2009).

15. Milan Kundera, The Unbearable Lightness of Being: A Novel (New York: Harper Perennial Modern Classics, 2005).

16. R. Michael Allen, Reformed Theology (London: Bloomsbury, 2010).

17. Raymond Aron, The Opium of the Intellectuals (USA : Transaction Publishers, 2011)；雷蒙‧阿隆著，呂一民、顧杭譯：《知識分子的鴉片》（南京：譯林出版社，2005 年）。

18. Václav Havel, The Power of the Powerless (New York: M. E. Sharpe, 1985)；哈維爾著，崔衛平等譯：《無權力者的權力》（臺北：左岸文化，2003 年）。

19. Walter Bagehot, The English Constitution (Cambridge: Cambridge University Press, 2001).

20. William Craig, "The Absurdity of Life without God", in Reasonable Faith, Read on 2 April 2023.

21. 本居宣長著，王向遠譯：《日本物哀》（吉林：吉林出版集團，2010 年）。

22. 田立克編著，尹大貽譯：《歷代基督教思想學術文庫》（香港：漢語基督教文化研究所，2000 年）。

23. 朱耀偉、黃志華：《香港歌詞導賞》（香港：匯智出版，2009 年）。

24. 朱耀偉編：《香港關鍵詞：想像新未來》（香港：香港中文大學

出版社，2019 年）。

25. 李怡：《失敗者回憶錄》（臺北：印刻文學，2023 年），上下冊。

26. 李怡：《李怡語粹：走過悲觀而積極的人生》（香港：升出版，2019 年）。

27. 李維菁：《老派約會之必要》（臺北：印刻，2012 年）。

28. 谷川俊太郎、佐野洋子著，邱香凝譯：《兩個夏天》（臺北：木馬文化，2020 年）。

29. 海德格著，陳嘉映、王慶節譯：《存在與時間》（北京：商務印書館，2019 年）。

30. 涂爾幹著，馮韻文譯：《自殺論》（臺北：五南文化，2018 年）。

31. 章文新編：《教父及中世紀證道集》（香港：基督教文藝出版社，1991 年）。

32. 陳雲：《殖民地美學》（香港：次文化有限公司，2015 年）。

33. 奧古斯丁著，王曉朝譯：《上帝之城》（香港：道風書社，2003 年）。

34. 奧古斯丁著，吳應楓譯：《懺悔錄》（臺北：光啟文化，2017 年）。

35. 董恒秀編譯：《明亮的星，但願我如你的堅定：英國浪漫詩選》（臺北：漫游者文化，2019 年）。

36. 維克多‧法蘭克著，鄭納無譯：《意義的呼喚：意義治療大師法蘭可自傳》（臺北：心靈工坊，2017 年）。

37. 謝扶雅譯：《基督教早期文獻選集》（香港：東南亞神學教育基金會、基督教文藝出版社，1976 年）。

歷史

1. Edward J. M. Rhoads, Manchus and Han: Ethnic Relations and Political Power in Late Qing and Early Republican China, 1861-1928 (Seattle: University of Washington Press, 2000)；路康樂著，王琴、劉潤堂譯：《漢與漢：清末民初的族群關係與政治權力 (1861-1928)》（北京：中國人民大學出版社，2010 年）。

2. Evelyn S. Rawski, The Last Emperors: A Social History of Qing Imperial Institutions (Berkeley: University of California Press, 1998)；羅友枝著，周衛平譯：《最後的皇族：滿洲統治者視角下的清宮廷》（臺北：八旗文化，2017 年）。

3. Francis Fukuyama, The End of History and the Last Man (New York: Free Press, 1992)；法蘭西斯・福山著，區立遠譯：《歷史之終結與最後一人》（臺北：時報出版，2020 年）。

4. Frank Dikötter , How to be a Dictator: The Cult of Personality in the Twentieth Century (London: Bloomsbury Publishing, 2019)；馮客著，廖珮杏譯：《獨裁者養成之路：八個暴君領袖的崛起與衰落，迷亂二十世紀的造神運動》（台北：聯經出版，2021 年）

5. Hannah Arendt, Eichmann in Jerusalem: A Report on the Banality of Evil (London: Faber: 1964)；漢娜・鄂蘭著，施奕如譯：《平凡的邪惡：艾希曼耶路撒冷大審紀實》（台北：玉山社，2013 年）。

6. Hannah Arendt, The Origins of Totalitarianism (Berlin: Schocken Books, 1951)；漢娜・鄂蘭著，李雨鍾譯：《極權主義的起源》（臺北：商周出版，2022 年），三冊。

7. Henry Kissinger, On China (London: Penguin Books, 2011).

8. Jan Morris, Hong Kong: Epilogue to an Empire (New York: Vintage, 1997).

9. John M. Carroll, A Concise History of Hong Kong (Hong Kong: Hong Kong University Press, 2007)；高馬可著，林立偉譯：《香港簡史》（香港：

蜂島出版，2021 年）。

10.　John M. Carroll, Edge of Empires: Chinese Elites and British Colonials in Hong Kong (Cambridge & London: Harvard University Press, 2005)；高馬可著，林立偉譯：《帝國夾縫中的香港：華人精英與英國殖民者》（香港：香港大學出版社，2005 年）。

11.　Kenneth Pomeranz, The Great Divergence: China, Europe, and the Making of the Modern World Economy (Princeton: Princeton University Press, 2000)；彭慕蘭著，黃中憲譯：《大分流：現代世界經濟的形成，中國與歐洲為何走上不同道路？》（臺北：衛城出版，2019 年）

12.　Mark C. Elliott, The Manchu Way: The Eight Banners and Ethnic Identity in Late Imperial China (Stanford, California: Stanford University Press, 2001).

13.　Odd Arne Westad, Restless Empire: China and the World Since 1750 (New York: Basic Books, 2012)；文安立著，林添貴譯：《躁動的帝國：從清帝國的普世主義，到中國的民族主義，一部 250 年的中國對外關係史》（臺北：八旗文化，2020 年）。

14.　Philip Murphy, Monarchy & The End of Empire: The House of Windsor, the British Government, and the Postwar Commonwealth (Oxford: Oxford University Press, 2013).

15.　Prince Edward, A King's Story: Memoirs of the Duke of Windsor (New York: G. P. Putnam's Sons location, 1951).

16.　Samuel Huntington, The Clash of Civilizations and the Remaking of World Order (New York: Simon & Schuster, 2011)；杭亭頓著，黃裕美譯：《文明衝突與世界秩序的重建》（臺北：聯經出版，2020 年）。

17.　Steve Tsang, A Modern History of Hong Kong (London: I. B. Tauris, 2004).

18.　William T. Rowe, China's Last Empire: The Great Qing (Cambridge, Massachusetts: Harvard University Press, 2012)；羅威廉著，李仁淵、張遠譯：《中國最後的帝國：大清王朝》（臺北：國立臺灣大學出版中心，

2016 年）。

19. 丁新豹：〈香港早期之華人社會 (1841-1870)〉（香港大學哲學博士論文，1988 年）。

20. 夫馬進著，伍躍譯：《朝鮮燕行使與朝鮮通信使：使節視野中的中國 ‧ 日本》（上海：上海古籍出版社，2010 年）。

21. 王成勉：《氣節與變節：明末清初士人的處境與抉擇》（臺北：黎明文化出版，2012 年）。

22. 平野聰著，林琪禎譯：《大清帝國與中華的混迷：現代東亞如何處理內亞帝國的遺產》（臺北：八旗文化，2018 年）。

23. 朱雲影：《中國文化對日越韓的影響》（臺北：黎明文化事業，1981 年），頁 285-302。

24. 杜正勝：《中國是怎麼形成的：大歷史的速寫》（臺北：一卷文化，2023 年）。

25. 岡本隆司著，郭凡嘉譯：《中國的形成》（臺北：聯經出版，2021 年）。

26. 陳永明：《從逆寇到民族英雄：清代張煌言形象的轉變》（臺北：國立臺灣大學出版中心，2017 年）。

27. 陳永明：《清代前期的政治認同與歷史書寫》（上海：上海古籍出版社，2011 年）。

28. 葛兆光：《宅茲中國：重建有關「中國」的歷史論述》（臺北：聯經出版，2011 年）。

29. 蔡榮芳：《香港人之香港史，1841-1945》（香港：牛津大學出版社，2001 年）。

30. 關詩珮：《譯者與學者：香港與大英帝國中文知識建構》（香港：牛津大學出版社，2017 年）。

參考資料

界限書店 ▌ BOUNDARY BOOKSTORE

維城物語

I S B N	——————	978-988-70553-4-1
分類標籤	——————	1) 香港歷史 2) 散文

作　　者	——————	陳志清
編　　輯	——————	廖詠怡
插　　畫	——————	靛 Din
排版設計	——————	林逆

出　　版	——————	界限書店
網　　址	——————	https://linktr.ee/boundarybooks

初版　2024 年 7 月

Copyright © 2024 Boundary Culture. All Rights Reserved.

Published and Printed in Hong Kong